책이 선생이다

책이 선생이다

김보영

황시운

한지혜

홍희정

김중일

듀 나

xbooks

책은 어쩌다 내 선생이 되었나

임유진(엑스북스 편집인)

1.

어려서부터 언어의 예술을 깨쳐, 다만 책 속에 코를 묻고 문장의 리듬을 음미하거나 나를 사로잡은 문장들을 노트에 베껴 쓰면서 책읽기의 재미를 알아 갔다거나 하는 일은 내게 없었다. 집에는 책이 별로 없었고, 그런 까닭에 나는 읽은 책을 읽고 또 읽곤 했는데, 그것은 내가 그 책들을 좋아해서였다기보다는 오빠가 오락실에 가거나 친구들이랑 구슬치기를 하러 싸돌아다닐 때 나를 끼워 주지 않아 홀로 남은 내가 집에서 딱히 할 일이 없었기 때문이었다. 그래서 내 경우는 다른 유수의 책벌레들과는 달리, 좋아서 책을 읽었다기보다는 책을 읽다 보니 좋아하게 되었다는 게 맞을 것이다. '아 좀 야한데? 뒤에까지도 야한가?' 하는 초딩적 호기심으로 어른들의 책을 완독하기도 하고 친구네 집에 놀러갔다가 내심 동경하던 친구 언니가 읽는 책이라고 해서 무작정 빌려와 이해가 되건 안 되건 읽어제끼곤 했다. 어떤 책은 도무지 무슨 말인지 모르겠는데 오기로 보기도 했고, 너무 어려서 읽은 『적과 흑』이나 『에밀』 같은 책은 성인이 되어서도 선뜻 다시 읽어 봐야겠다는 생각이 안 들 정도로 혼란스러웠던 기억이 있다. 많은 경우 책에 대한 이해는 사후적으로 왔는데, 오는 때보다 안 오는 때가 더 많았던 것도 같다. 그러다 나는 어영부영 대학에 갔고, 대학에 가서도 도서관에서 시험공부보다는 다른 책을 옆에 쌓아두고 읽는 아이가 되어 있었는데 나는 여기에도 습관이라는 말 외에 다른 말을 대지 못하겠다. 책의 목록을 소비하듯, 미션을 완수하듯 책을 읽던 어느 날, 내게 특별한 일이 벌어졌다. 십수 년간 독서의 집적에서 돈오가 찾아온 것이다. 아, 이런 거였구나. 책이 이런 거구나. 많이 읽기만 한다고 되는 게 아니구나. 그 일은 갑자기 일어나 나를 덮쳤다. 그때 나는 책을 읽고 육식을 그만두었고, 그 이후 책을 읽는 일은 고통스러운 일이 되었다. 세상 사는 것을 불편하게 만들었기 때문이다. 세상은 이제 전과 같지 않았고 모든 게 거슬리고 모든 게 불편했다. 책을 읽었는데, 그건 그거고 현실은 현실이야, 하고 시치미를 뚝 떼고 살 수는 없는 노릇이었다. 아마 이때 처음으로 글자 뒤에서 나를 향해 말하는 목소리를 들었기 때문일 텐데, 책이 끝나도 나를 따라오는 목소리가 있었고 그런 경험은 나의 책읽기를 완전히 다른 것으로 만들었다.

한글을 읽을 수 있을 때부터 거의 항상 책을 읽고 있었다 생각했는데, 사실 그동안 나는 책을 읽은 것이 아니고 그냥 글자들을 바라보고 있었던 것일지 모르겠다는 생각이 들었다. 어떤 깨달음을 만난 후, 나는 전과 다른 사람이 되었다. 모든 것이 모든 것을 바꿨다. 나는 읽는 책에 따라서 이렇게도 됐다가 저렇게도 되었다. 책은 그렇게 나를 조각하고 만들어 갔다.

2.

책장을 덮은 후에도 계속해서 나를 따라오는 목소리는 여럿 있었다. 그렇다고는 하나 다 읽고 나서 잊히는 책, 잊히는 목소리가 더 많았다. 읽은 책인 줄도 모르고 동일한 책을 한두 권 더 사는 일도 드물지만 있었다. 소위 〈내 인생의 책〉은 새롭게 어떤 작가를 알게 될 때마다 달라지고 갱신되었다, '그' 작가를 읽기 전까지.

제일 좋아하는 작가가 누구냐는 질문을 받을 때 나는 늘 머뭇거린다. 이전에는 딱히 내가 제일 좋아하는 작가가 없었기 때문이고, 내가 제일 좋아하는 작가를 만난 이후에는 그가 나만의 작가이길 바라는 마음으로 입 밖으로 그의 이름을 내길 꺼리는 까닭이다. 물론 "그가 나만의 작가이길 바라는" 이 마음은 어리석은 바람이다. 왜냐하면 그는 이미 그의 30대 초반에 미 전역에 센세이션을 일으킨 『무한한 농담』을 쓴 천재 소설가이기 때문이다. 하지만 어째서인지 그를 떠올릴 때 나는 그가 나에게만 말을 거는 것 같다. '나만의' 작가라는 느낌, '나에게만' 말을 걸어 준다는 느낌, 영원히 내가 그의 독자라는 느낌, 이 느낌이 소중하다. 영원히 그의 독자가 되기로 한 이후 내 인생의 작가를 떠올릴 때 나는 꼭 한 사람의 이름을 떠올린다. 그의 이름은 데이비드 포스터 월러스다. 그는 나에게 언어가 할 수 있는 것을 최대치로 보여 준 사람이다. 또한 인간으로서 살아간다는 게 무엇인지 알려 준 사람이기도 하다. 무엇을 위한 글쓰기 또는 책읽기가 아니라, 삶으로부터의 도피나 탈출로서가 아니라 바로 삶 자체인 글쓰기와 책읽기를 알게 해준 사람이다. 내 독서 인생에서 불현듯 찾아온 돈오 이후, 책이 나를 불편하게 만든 이후, 그 불편함의 이유를 구체적으로 알게 한 작가이자, 나를 깨어 있게 만든 작가, 그런 작가가 선생이 아니라면 누가 선생일 수 있을까.

지금은 죽고 없는 그의 모든 인터뷰를 보고 또 보며 눈과 귀와 마음에 그를 빠짐없이 새긴다. 나의 작가, 나의 선생님.

3.

언어는 허망한 동시에 경이롭다. 겨우 말들일 뿐인데 세계를 만들어 낸다. 또한 아무리 거창한 이야기일지라도 고작 말일 뿐이다. 나로 하여금 이 사소하면서 거대한 세계를 보게 한 것은 데이비드 포스터 월러스였고, 그로 인해 어떤 지각의 방식에서는 전혀 중요하지 않은 것이 다른 지각의 방식에 있어서는 중대한 역할을 하기도 한다는 것을 비로소 인식할 수 있었다. '인식'은 모든 것이다. 알게 되면 모든 것이, 갑자기, 그리고 영원히 달라진다.

그는 포르노와 바닷가재와 세금과 문법과 카프카와 테니스와 TV에 대한 글들을 남겼다. 언뜻 제각각으로 보이지만, 내게 그 글들은 모두 같은 말을 하고 있는 것처럼 느껴졌다. 그는 모든 글에서 인간으로 산다는 게 무엇인지를 생각하게 했다. 무엇이든 열심히 들여다보는 사람, 사람이나 사건이나 책이나 현상이나 운동이나 동물을 처음으로 제대로 보아 주는 사람, 그의 렌즈를 통해 세상을 보게 되니 모든 게 다르게 보였다. 나의 세계가 확장되었다. 전에는 느끼지 못하던 감정을 느끼고, 단어 하나하나의 의미를 곱씹게도 되었다. 언어와 사고의 실험이 재미있어지고, 책을 게걸스럽게 읽고 싶어졌다. 나는 그를 따라 더 나은 사람이 되고 싶었고, 그의 좋은 독자가, 아니, 독자 이상이 되고 싶었다. 그가 하는 말을 듣고, 그가 쓰는 글을 읽다 보면 내 속에 무언가가 폭발하는 것 같았다. 눈을 덮고 있던 얇은 막이 툭 하고 터져서 사라지는 것도 같았다. 지금까지와는 전혀 다른 차원에 발을 디뎠다는 느낌도 들었다. 무언가 초월하는 느낌이 드는 한편, 그러나 그 모든 것이 삶은 위한 것이 아니면 안 된다는 생각도 들었다.

4.

학교를 다닐 때, 나는 무엇을 배웠나 생각해 보면 떠오르는 게 없다. 늘 성적은 괜찮게 나왔는데 항상 "나는 아는 게 없다"는 느낌을 받았다. 시험이 끝나면 내가 공부랍시고 한 것들은 모두 사라졌다. 수학마저도 공식에 대입하는 게 아니라 암기였던 나에게 응용과 활용 같은 것은 먼 나라 이야기였다. 시험을 본 기억과 친구들과 놀았던 기억은 있는데 배움에 대한 기억은 없는 것은 어쩌면 당연한 이야기일지 모르겠다. 길다면 긴 학창시절을 흥청망청 보낸 것만 같다는 죄책감이 문득 밀려온다. 성인이 되어 내게 찾아온 '배움'은 그래서 놀라움과 충격이었다. 배운다는 것이, 내가 달라지는 것이었다니. 하나가 달라지면 모든 게 달라지는 것이었다니.

그것을 모른 채 학교를 너무 오래 다녔다.

생각해 보면 무언가 깨달음 비슷한 것을 얻기 전에도 나를 가만두지 않는 책들은 있었다. 좋은 책들은 나를 계속해서 바꿨다. 그런 책을 읽고 나면 나는 전과 다른 사람이 되어 있었는데, 이것은 나만 아는 감정이었다. 답답했다. 내가 나의 삶에 개입하는 책들을 만나면서 급기야 그런 책을 만드는 일을 직업으로 택하기에 이른 것은 어쩌면 이런 답답함 때문이었을까? 책을 읽고 만들면서, 책이 나에게 한 일을 다른 사람들에게도 하길 바랐다. 하지만 이쯤에서 필립 로스의 인터뷰를 떠올리지 않을 수 없다.

소설은 사람들의 행동에 영향을 끼치고, 의견을 형성하고, 행위를 바꿔놓습니다. 책은 물론 누군가의 인생을 바꿀 수 있겠죠. 하지만 그것은 독자가 그 책을 자신의 목적에 따라 사용하기로 결정한 그의 선택 때문입니다.

책이 일방적으로 독자에게 가서 인생을 바꾸는 게 아니다. 책이 독자의 인생을 바꾸는 것은 독자가 그렇게 하기로 결정했을 때이다.

여기서 나의 11년 편집자 생활의 방향이 달라진다. 책이 하는 게 아니다, 독자가 하는 거다. 책이 가르치고 영향을 미치는 게 아니라, 독자가 배우고 영향을 받는다. 이것은 독자가 하는 일이다. 내가 책에서 배우고자 마음먹지 않으면 책은 우리에게 아무것도 들려주지 않는다. 작가와의 대화는 실패로 끝난다.

5.

『책이 선생이다』의 주인공은 사실 책이 아니다. 지금의 작가들이 독자로서의 이야기를 들려주는 『책이 선생이다』는 독자의 이야기다. 자신을 자신이게 해준 책과 작가들에 대한 이야기, 이것은 독자 모두의 공통 경험이다. 우리는 평생 독자의 삶을 산다. 그리고 30년 경력 프로페셔널 독자로서 나는 나를 영원히 바꿔 놓은 책과 작가에게 빚을 진 느낌마저 든다.

책은 내게 친구였고, 불편함이었고, 선생이었다. 세상 그 무엇보다도 나를 가장 많이 움직이게 했고, 나를 가장 많이 들썩이게 했다. 그런 '책-경험'을 당신에게 들려주고 싶다.

하지만 당신의 손을 잡고 책 속으로 들어갈 수 없어서, 또 다른 독자들에게 '책과 나눈 대화'를 간접적으로 들려주는 수밖에 없어서 이 책을 엮었다. 이 책을 읽고, 나에게 말 걸어줄, 나를 바꿔 놓을 책과 만나고 싶다는 생각을 하는 것은 어디까지나 독자의 몫이다.

목차

내 선생이 된 소설

김 보 영

김보영

/

주로 SF를 쓴다. 헤르만 헤세의 『데미안』에서 심리학과 종교학, 『황야의 늑대』에서 히피문화, 『싯다르타』에서 불교철학, 『유리알 유희』와 『환상동화집』에서 유토피아 세계와 환상문학 글쓰기를 배우며 그 방향으로 관심사를 넓히게 되었고, 그의 모든 저작으로부터 자아와 세계에 대한 탐구를 배웠다.

내 선생이 된 소설

"우리는 서로 이해할 수는 있다.
그러나 누구나 다 자기 자신만을 설명할 수 있을 뿐이다."
— 『데미안』 중에서

헤르만 헤세의 『데미안』은 십대 시절 내 성서였다.

이 말이 실은 『데미안』을 광고하는 교과서적인 문구라 참 대놓고 말하기 민망한 편이다. 하지만 어쩌랴, 사실인 것을. 무수한 젊은이들이 이 책을 교과서이자 성서로 삼았듯이 나도 그들 중 하나였다. 그만큼 내가 평범한 사람이었다고 해석해도 좋을까.

그랬다고 생각한다. 지금부터 쓰는 이야기도 평범한 것이다.

1.

성서를 펼쳤던 날부터 시작해야 할 것 같다.

열여덟 살 즈음에 나는 심히 힘들었다. 힘든 나머지 신앙에나마 다시 기대 보자 하고 성서를 펼쳐들었다.

당시 나는 신앙이 사라져 있었다. 나는 이를 깨닫지 못하고 있었다가 성서의 첫 페이지를 열자마자 알았다. 눈앞에는 내가 한 번도 본 적이 없는 책이 놓여 있었다. 첫 문장부터 달랐다.

야훼가 자신을 복수형으로 부르는 것을 이전에 보았던가? 카인과 같은 시대에 살았던 거인에 대해 읽은 적이 있었던가? 뱀은 인간에게 지혜를 주는 구원자로 보였고, 아담을 타락시켰다는 하와는 똑똑하고 주체적으로 보였다. 신은 잔혹하고 제멋대로였고 카인은 죽지도 벌 받지도 않고 어느 '마을'에서 결혼을 해 우리의 조상이 되었다. 애초에 카인과 아벨뿐이었는데 인류는 누가 낳았는가?

나는 모태신앙이었고 어릴 때에는 성당을 빼먹는 일이 없었다. 어린 날에는 교리대회나 성서대회에서 상을 타먹으며 살았다. 나는 내가 성서의 내용을 속속들이 알고 있다고 믿어 왔다. 내가 지금까지 본 책은 다 뭐였던 걸까?

처음부터 끝까지 그랬다. 이를테면 성경의 이 문장만 해도 그렇다.

안식일이 사람을 위해 생긴 것이지 사람이 안식일을 위해 생긴 것이 아니다. 사람의 아들이 안식일의 주인이다. (마르코 2장 27~28절)

내가 배우기로, 이 문장은 '사람의 아들=예수님'이고 '안식일의 주인=하느님'이므로 예수님이 하느님이라는 선언을 한 것으로 해석된다. 더해서 안식일이 하느님의 날이니 안식일을 지키라는 뜻으로도 해석한다. 예수의 제자들이 안식일에 곡식을 베다가 비난을 받자 예수가 한 답이다.

하지만 이제 내 눈에 저 문장은 "안식일 위에 사람 있다"는 뜻으로밖에 보이지 않는다.

당시 유대계 사회는 '안식일에 쉬라'는 율법에 매몰된 나머지, 주말에 쉴 수 없는 가난한 사람들과 율법을 배우지 못한 이교도들과 어린아이들, 배우는 것이 금지된 여자들마저 지옥에 떨어질 죄인이라 믿어 의심치 않았다. 이후 예수는 그들에게 "안식일에 선한 일을 하지 않을 것인가" "안식일에 아들이 물에 빠지면 구하지 않을 것인가" 하는 질문도 던진다. 또한 예수는 늘 가난한 사람과 이교도와 어린아이와 여자와 함께였다.

맥락을 보아도 문장 하나만 보아도 저 말은 "종교와 법이 사람을 위해 생긴 것이지 사람이 이를 위해 생긴 것이 아니라"는 뜻이다. 인본주의를 잊은 문자주의를 경계하는 말이다. 내가 배운 것보다 백 배는 멋진 말이었다. 하지만 그 맥락이 이전에는 전혀 눈에 들어오지 않았다.

그날 이후로 나는 내 인지에 대한 신뢰를 잃었다. 나는 정신도 멀쩡하고 지능도 멀쩡한 사람이었다. 고작 믿음이 있다 사라졌을 뿐이다. 그것만으로 뻔히 눈앞에 쓰여 있는 글자를 오독하거나 왜곡하는 것을 한참 넘어서서, 완전히 정반대의 뜻으로 읽는 것마저 가능하다면, 내 인지를 어떻게 믿으란 말인가?

2.

그 무렵 세상에 대한 나의 신뢰는 단계적으로 박살이 나 있
었다.

학생회장이 된 것이 발단이었다. 정말이지 그건 내 의도가
아니었다. 간선제였고 우연의 장난으로 내게 두어 표가 더
나왔다. 그렇게 회장이 되자마자 나는 한순간에 학교 최악의
말썽꾼으로 등극했다.

그것도 의도한 바가 아니었다. 학생회 활동은 모순으로 가
득해 도저히 '올바름'의 영역에 도달할 수 없었다. 허가를 받
지 않고는 어떤 일도 할 수 없었는데 아주 작은 일조차 허가
가 나지 않았다. 선생님이 참여하지 않은 학생회의는 불법집
회로 규정되었지만 선생님은 회의에 참여하지 않았다. 선생
님은 도저히 실행할 수 없는 지시를 하면서, 이를 하지 못하
거나 저항하면 내가 멍청하고 버릇없다고 비난했다. 그리고
학생의 대표가 멍청하므로 이는 이 학교 학생 전체의 멍청함
을 증명한다는 논지의 연설을 종종 하곤 했다. 제법 시간이
지난 뒤에야 내가 정말로 멍청했던 것이 아니라, 선생님들이
내가, 또 학생들이 멍청하기를 바라마지 않았다는 생각을 한

다. 그래서 나는 선생들에 대한 신뢰를 잃었다.

선배들은 도움이 되지 않았다. 그들은 내가 퇴학당하거나 비밀경찰에게 쫓기거나 감방에 가거나 고문당해 죽지 않는 것만으로도 세상없는 호사를 누린다고 믿었다. 그들도 정반대의 시점에서 도저히 성공할 수 없는 일을 지시하고는 실패하면 내 무능을 비웃곤 했다. 나는 서로 미워하는 두 집단이 그처럼 닮았고 비슷한 방식으로 나를 괴롭힌다는 사실을 이해하기 힘들었다. 그래서 두 번째로 나는 선배들에 대한 신뢰를 잃었다.

이어서 나는 부모에 대한 신뢰를 잃었다. 힘든 시기에 내 전교 등수가 생애 처음 십 단위로 내려간 날, 집안이 뒤집어졌다. 부모님은 내가 멍청하게 학생회장이 되는 바람에 이런 비극이 일어났다며 울고불고하셨다. 나는 그들이 나를 통해 좋은 대학 – 이름난 학과 – 번듯한 직장 – 몇 년 뒤 직장을 그만두고 결혼 – 가정주부 – 자손 증식이라는 꿈을 이루고자 한다고 느꼈고, 그 순진한 꿈이 말할 수 없이 끔찍하게 느껴졌다.

그 과정에서 신앙이 사라졌고, 말했듯이 나는 신에 대한 신뢰와 함께 내 인지에 대한 신뢰를 같이 잃었다.

그렇게 내 인지를 믿지 못하게 되자 나는 글을 잃었다. 내가 보고 듣는 것을 다 믿을 수 없게 되었는데 내가 세상에 대고 대체 무슨 말을 할 수 있겠는가?

그래서 나는 거덜이 났다. 글이 내 마지막 끈이었다. 나는 틈만 나면 연습장에 이야기를 쏟아 내는 것으로 간신히 그 시간을 버티던 참이었다. 이놈의 고등학교만 졸업하면 24시간 글만 쓰고 살겠노라고 다짐하고 또 다짐했었다. 그것마저 거짓말처럼 날아가 버렸다. 마르지 않을 것 같았던 이야기들이 다 사라졌다. 밤새도록 백지를 눈앞에 두고 앉아 있어도 한 글자도 찍지 못하는 날이 계속되었다.

그 일이 고작 몇 달 사이에 진행되었다. 선생님에게 반목하니 나는 빨갱이였고 선배에게 반목하니 비겁자였고 부모에게 반목하니 불효자였고 신앙에 반목하니 배교자였다. 그 비난은 다른 어느 곳도 아닌 내 마음에서 쏟아져 나왔다. 하지만 다른 한편의 내 마음은 내가 '아무 짓도 하지 않았고' 몇 달 전과 조금도 다른 사람이 아니라고 항변했다. 어떻게 열여덟 살짜리 여자애가 그 많은 죄를 그 짧은 시간에 다 지을 수 있단 말인가?

그래서 죽음이 나를 덮쳤다.

3.

흔히 5분만 더 생각하면 죽지 않고 산다고 한다. 나는 그 말을 믿는다.

문제는 죽음은 어쩌다 나를 찾아오는 손님이 아니라 모든 순간에 나와 함께하고 있다는 사실이었다. 기껏 5분을 버텨보았자 다음 5분도 여전히 죽음과 함께였다. 밥을 먹다가도 화장실에 가다가도 길을 걷다가도 나는 내 옆에서 나를 응시하는 죽음을 볼 수 있었다. 나는 쉬지 않고 폭격이 쏟아지는 전쟁터에서 살고 있었고, 내일은 살 수 있을지 매일 궁금해했다. 전쟁터에서 살아남는다는 건 의지나 용기의 문제가 아니었다. 그저 우연과 운이 나를 지켜 주기를 바랄 도리밖에 없었다.

그때 어른들은 하나같이 내가 인생에서 가장 빛나는 찬란한 시간을 살고 있으며, 어른이 되면 지금이 얼마나 좋은 시절이었는지 알게 될 거라고 했다. 나는 그 말을 믿을 수 없었다. 내 바로 옆에 죽음이 나를 응시하고 있는데, 내게 그 말을 하는 어른들은 다 살아 있지 않은가?

그래도 여전히 나는 그 고통의 평범함을 생각한다.

내 체험은 그 나이 때 많은 아이들이 겪는 평범한 고통의 총합이었을 뿐이다. 아이들이 겪는 고통이 말할 수 없이 끔찍하고, 동시에 말할 수 없이 흔하다는 사실을 직시하지 않고 세상이 앞으로 나아갈 수 있을까. 고통의 평범함을 직시하지 않으면 아이들에게 제 고통을 전시하고 뻐기게 되고, 그 잔혹함을 직시하지 않으면 아이들에게 '좋은 시절'이니 '나땐 더했'느니 하는 헛소리나 하게 될 뿐이다.

한국의 근현대사는 엉망이었고, 모든 시기에 사람들을 무자비하게 상처 주고 돌봐 주지 않았다. 나는 내 친구들과 선배와 부모와 선생들도 흔하디흔하게 끔찍한 체험을 했고 깊이 상처받았으리라 믿어 의심치 않는다. 단지 그러기에 아무도 내게 위로가 되지 않았으며, 그 무엇도 나를 살게 할 만하지 않았을 뿐이다.

헤르만 헤세의 『데미안』을 접한 것이 그 즈음이었다.

4.

야간 자율학습 시간이었다. 지금도 그날의 야자실 풍경, 소근거리는 소리와 연필이 사각거리는 소리, 내가 앉았던 자리, 전교생의 반을 전교 등수대로 앉혀 놓은 퀴퀴하고 추운 지하실의 풍경이 떠오른다. 어쩌다가 그 책을 펼쳤을까. 시험범위도 신간도 아니었고, 흥미를 유발할 계기도 없었건만. 『데미안』은 어릴 때 읽다가 '무슨 말인지 하나도 모를 책'이란 감상과 함께 내던졌던 책이었다. 하지만 내 인지는 뒤집혀져 있었고, 책의 문장은 전부 변해 있었다.

『데미안』은 이렇게 시작한다.

나는 정녕 내 마음속에서 절로 우러나오는 것에 의해 살아 보려고 했던 데 지나지 않았다. 그런데 그것이 어찌 그다지도 어려웠을까?

나는 그 문장에서부터 놀랐고 거의 모든 문장마다 놀랐다. 그 책의 모든 문장이 나를 위해 쓰인 것만 같았다. 사소한 일로 시작된 벼락 같은 세상으로부터의 격리, 고립감, 호소할 곳조차 없는 고통, 스승과의 결별과 신앙에 대한 회의, 죄 없이 겪는 끔찍한 죄책감까지.

헤세는 책 안에서 이렇게 말했다. "어른들은 아이들에게는 체험이 없다고들 생각한다. 그러나 나는 내 생애를 통해 이

때처럼 심각하게 체험하고 괴로워한 적이 없다." 그건 내 마음에 쏟아져 내리던 빨갱이와 비겁자와 불효자와 배교자라는 비난의 폭격 속에서 처음 접한 어른의 위로였다. 그때 나는 생각했다. 만약 내가 지금 죽지 않고 산다면 어른이 되어 단지 그 말만을 하자고. 오직 그 말을 하기 위해 하루를 더 살아 보자고.

5.

세계 전체의 절반은 은폐되고 묵살되고 있는 거야. 우리들은 전부를 숭배하고 신성시하지 않으면 안 된다고 생각해.

『데미안』은 1919년 출간되기 전 한 출판사 잡지에서 세 차례에 걸쳐 연재되었다. 당시 헤세는 자신의 이름이 아닌 '에밀 싱클레어'라는 가명을 썼는데, 헤세의 회고에 의하면 "늙은 아저씨의 알려진 이름으로 젊은이들을 놀라게 하고 싶지 않아서"였다고 한다. 그 이름은 헤세가 1차 세계대전 당시 전쟁에 반대한다는 이유로 국가로부터 비겁자이자 매국노라는 비난을 받기 시작하면서, 전쟁포로 구호사업을 하거나 전쟁에 반대하는 에세이를 쓸 때에 방해받지 않기 위해 쓰던 이름이기도 했다. 당시 젊은이들은 이 소설이 자신들 또래의 누군가가 쓴 글이라 믿어 의심치 않았다. 이후 헤세보다 17년 전에 노벨문학상을 받게 되는 토마스 만은 이 소설에 크게 놀라 "에밀 싱클레어가 대체 누구냐"며 발행인에게 편지를 보내기도 했다.

토마스 만은 "이 작품이 어째서 이토록 큰 울림을 주는지" 의문했다. 『데미안』은 사실 신기한 작품이다. 소설적인 구조는 없다시피 하다. 프란츠 크로머라는 친구가 싱클레어를 괴롭히고, 이를 막스 데미안이라는 신비한 소년이 구해 주는 사건 이외에 구체적인 사건이나 서사는 거의 눈에 띄지 않는다. 이후 일어나는 상황의 대부분은 싱클레어의 머릿속에서 진행된다.

더해서 막스 데미안은 현실에 존재하는 인물이라기에는 너무나 기이하고 완전한 인물이다. 그는 싱클레어가 필요한 순간에만 나타나 꼭 필요한 말만 하고 사라진다. 싱클레어는 성장하지만 데미안은 성장하거나 변화하지 않고, 본인 자신의 삶도 없는 것처럼 보인다.

실상 데미안은 소설 내에 계속 암시되듯이 싱클레어의 '초자아'다. 다시 말하면 데미안이 계속 언급하는, "우리 안에 있는 우리의 모든 것을 알고 있는, 선과 악을 아우르는 내부의 법령, 신과 같은 존재"의 의인화로 보는 것이 좋다. 결말에서 데미안은 마지막으로 나타나 "너의 내면에 내가 깃들어 있다"고 말하고 사라지며, 싱클레어가 바로 데미안이었음을 암시하는 결말로 끝을 맺는다.

데미안이 실제 인물이 아니라 싱클레어의 초자아라고 생각했을 때, 이 소설의 폐쇄적인 성격은 더욱 두드러진다.

하지만 『데미안』이 말하고자 하는 바를 생각하면 자연스러운 방식이다. 이 소설은 외부와 단절하여 자기 내면의 고독으로 침잠할 것을 강조하며, 외부의 법령을 떠나 자기 내면의 가치와 도덕을 찾아낼 것을 말하기 때문이다. 작가가 의도했든 하지 않았든 그만큼의 거대한 진실성을 갖는다.

『데미안』은 소설이라기보다는 소설로 쓰인 철학서에 가깝다. 그러니 작품이 주는 울림을 소설적 완성도나 기법에서 찾으려면 답이 나오지 않는다. 하지만 철학서로 보면 또한 '무려 소설로 쓰인' 쉬운 철학서이도 하다. 구체적인 상황이 거의 등장하지 않기에 역설적으로 모든 시대에 적용되는 고전이 되었다.

『지와 사랑』,『싯다르타』,『황야의 이리』 등의 후속작은 훨씬 더 소설적이다.『데미안』에서 시작된 '초자아'와 '에고', 또는 '이드'를 상징하는 인물들이 등장해 서로 동경하고 대립하며, 자신만의 신을 찾아 각자 길을 떠났다가 다시 하나의 길에서 만난다. 헤세는 이 이야기들을 통해 빛과 어둠, 선과 악 모두를 아우르는 내면의 신을 찾는 여정을 이어 간다.

『데미안』이 2차 세계대전 당시, 전쟁터에서 죽어 갔던 독일 병사들의 배낭에서 발견되곤 했다는 전설은 전설 이상의 의미를 갖는다. '나치'라는 세계사에 유례없는 전체주의가 지배하는 나라에서, 전쟁터에서 소년들이 손에 쥐고 있던 책이 가장 극단적이고 순수한 개인주의를 말하는 책이었던 것이다.

물론 헤세는 이 극단적 개인주의의 위험을 충분히 이해한다. 그렇기에 헤세는 자신의 생각이 문자주의로 매몰되지 않도록 이후의 모든 소설에서 다각도로 이 주제를 탐구한다.

6.

새는 알을 깨고 나온다. 알은 새의 세계다. 태어나려는 자는 한 세계를 파괴하지 않으면 안 된다. 새는 신을 향해 날아간다. 그 신의 이름은 아프락사스다.

나는 그 이후 『데미안』과는 별개로 융의 분석 심리학에 빠져들었다. 융의 가치관이 헤르만 헤세와 워낙 닮았기 때문이었다.

융은 사람의 궁극적인 목표가 선악이나 사회적 명성과 관계없이 '내가 나 자신'이 되는 것이라 했다. 그는 여성 안에서 억압받는 남성성과 남성 안에서 억압받는 여성성을 말하고, 억압이 신경증을 일으킨다며 자아를 전체로서 통합하라고 했다. 타인의 기준에 자신을 맞추려 하는 경향이 우울증을 일으킨다며 내면의 목소리에 귀를 기울이라고 했다.

자아통합을 이룬 사람이란 선하고 정의로운 사람이나 사회적 성공을 이룬 사람을 말하는 것이 아니다. 그럴 수도 있지만 이는 부수적인 현상이다. 그에게 명예나 부가 있을지 모르지만 본인은 연연하지 않는다. 거꾸로 사회에서 저평가되거나 배척받는 사람일 수도 있고, 어쩌면 길에서 흔히 보는 평범하기 짝이 없는 사람일 수도 있다. 하지만 그는 누구보다 행복하고 풍요롭다. 그는 전체로서 완전하다. 당당하고 자부심 넘친다. 그의 법령은 내면에서 오고, 남과 자신을 비교하지 않으며, 그의 가치는 오직 그 자신의 평가에만 좌우된다.

융의 책을 보던 중 나는 다시 한 번 놀라운 순간에 도달했다. 융의 자서전인 『회상, 꿈 그리고 사상』을 읽던 중이었다. 그 책의 말미에는 「죽은 자를 향한 일곱 가지 설법」이라는 몽환적인 글이 실려 있다. 융이 어느 날 긴 백일몽을 체험한 뒤 이를 기록한 글이다. 그 환상 속에서 융은 신과 악마의 양면성을 가진 신의 환영을 본다. 그 신의 이름은 아프락사스다.

예상하시겠지만, 『데미안』의 그 아프락사스다. 소설 내에서 싱클레어가 환몽 속에서 새의 그림을 그려 데미안에게 보냈을 때, 데미안이 화답한 문구에 등장하는 신의 이름이다. 소설에 의하면 아프락사스는 신과 악마의 양면성을 지닌 신으로, 지워진 세계의 절반을 아우르는 신이다. 진정으로 '나 자신'에게 이르기 위해서는 때론 세상이 악하다 말하는 것에도 선함과 진실이 있음을 이해해야 하고, 아프락사스처럼 전체를 포용하는 신을 섬길 필요가 있다.

나는 오랫동안 아프락사스의 신화를 찾아 뒤적거렸지만 괜찮은 출처를 찾을 수가 없었다. 그 신은 헤세가 말한 개념에 딱 들어맞는 신도 아니었고, 딱히 유명한 신도 아니었다. 융의 글을 읽은 뒤에야 헤세가 융의 제자에게 분석심리학 치료를 받았다는 사실이 생각났다. 내 두 스승이 하나가 되는 순간이었다.

「죽은 자를 향한 일곱 가지 설법」이 융의 자서전에 수록되어 세상에 알려진 것은 그가 죽은 뒤인 1962년이었지만, 융은 1916년에 이미 이를 사적으로 인쇄해 친구들에게 돌린 바있다. 헤세가 융의 제자인 요제프 베른하르트 랑 박사에게 정신분석을 받은 바로 그해였다(한국에서는 첫 출처에 오류가 있어 융이 41세 되던 해인 1941년에 냈다고 기술되는 일이 많은데 융이 41세 되던 해는 1916년이다).

다음 해 헤세는 융을 직접 만났고, 닷새 후 꿈속에서 『데미안』의 인물들을 만난다. 융 학파의 이론에 따라 헤세가 기록한 꿈에 그 이름이 등장한다. 헤세에 따르면 데미안이라는 이름은 '데몬(악마)'과 '데미우르크(창조주 혹은 예술가)'를 동시에 연상시켰다고 한다. 그래서 신과 악마의 양면성을 지닌 그 이름이 소설의 제목이 되었다. 『데미안』은 헤세의 이전 작품과는 완전히 다른 경향의 소설이었고, 이후로 헤세의 소설은 신비주의적 성향을 띤 내면 탐구로 향하게 된다.

『데미안』에서 싱클레어는 양면성을 지닌 아프락사스의 신화를 수업 중에 듣고 그 출처를 찾아 도서관을 샅샅이 뒤졌지만 허사였다. 그럴 수밖에, 그때 융은 자신의 글을 아직 출간하지 않았으니까.

아마도 헤세는 융의 제자, 혹은 융 본인으로부터 '아프락사스'의 이야기를 들었을 것이다. 헤세는 그 신화를 실제 존재하는 신화로 받아들여, 출처를 찾을 수 없는 이 신화를 자신의 소설에 넣었으리라 추측해 볼 수 있다.

그러니『데미안』의 아프락사스를 그노시스 신화에서 기원을 찾으려면 영 아귀가 안 맞을 수밖에 없다. 빛과 어둠, 선과 악, 여성성과 남성성의 양면성을 가진 아프락사스의 신화는 융의 꿈에서 비롯하고, 융의 무의식에서, 동시에 그의 철학에서 태어났다고 본다. 다음은 융이 아프락사스를 설명하는 내용의 일부다.

이것은 그대들이 모르는 신이다. 인류는 그를 잊어버렸다. 우리는 그를 그의 이름, 아프락사스로 부른다.

아프락사스는 태양이며 동시에 마귀들의 분해와 왜소화와 영원히 빨아들이는 허무의 수렁이다.

그는 공허한 것과 하나가 된, 충만한 것이다.

그는 사랑이고 동시에 그것을 죽이는 자다.

그는 성인이며 그의 배반자이다.

그는 낮의 가장 환한 빛이며 광기 어린 가장 깊은 밤이다.[*]

융은 유전자에 생물의 모든 진화의 역사가 전해지듯이, 인간의 잠재의식에도 인류 전체의 지혜의 역사가 담겨 전해진다고 믿었다. 융의 백일몽에서 생겨난 신화는 헤세의 백일몽으로 이어졌고, 헤세가 남긴 소설을 통해 실제 존재하는 신화로 새로 태어난 셈이다.

출처가 있어 쓰는 생각은 아니지만 어딘가에는 이런 해석이 있으려니 한다.

7.

세상에 대한 신뢰와 내 인지에 대한 신뢰를 동시에 잃고 난 뒤의 나는 완전히 텅 비어 있었다. 내가 지금까지 배운 지식

---

[*] 『회상, 꿈 그리고 사상』, 아니엘라 야훼 엮음, 이부영 옮김, 집문당, 2012

은 물론 부모와 선생과 선배와 친구, 하다못해 내 체험마저 기준으로 삼을 수가 없었다. 사소한 것도 판단하거나 결정할 수 없었다. 엊그제까지 같이 놀던 친구의 얼굴과 이름을 까맣게 잊어버리기도 했다. 당시의 나는 지능만 있을 뿐 지식은 없는, 막 생겨난 인공지능이나 별 다를 바 없었다. 데카르트처럼 내가 존재하기는 하는지부터 새로 의심했다.

그래서 나는 바닥부터 다시 쌓았다. 갓 태어난 아기처럼 모든 것을 다시 배웠다. 밥을 어떻게 먹고, 어떻게 자고 걷는가부터 가끔은 의심했고, 새로 익혔다. 혼돈 속에서 내가 기댄 기준은『데미안』의 이 구절 하나뿐이었다.

우리의 모든 것을 알고 원하고, 모든 것을 우리보다 잘 해내려는 것이 우리 마음에 있다.

내가 그로부터도 긴 시간이 지나서야 겨우 다시 쓰기 시작한 소설들은, 그렇게 새로 쌓아 올린 규칙 중 그나마 내보일 만한 몇 가지를 세상에 전하는 과정에 가까웠다. 그리고 내가 더 이상 이해하지 못하게 된 많은 세상의 상식을 내 나름대로 다시 이해하려는 시도에 가까웠다. 처음 쓸 때만 해도 나는 그 소설들을 세상에 출간할 수 있으리란 기대조차도 없었다. 단지 그들을 받아 준 곳이 한국에서는 과학소설계였고, 그것이 지금도 내 길이 되었다고 생각한다.

내 소설의 많은 방향성은 『데미안』의 첫 구절에 이르듯이, '단지 내가 나 자신이 되는' 것을 향한다. 지워지고 감춰진 세상의 절반을 찾는 과정이기도 하다. 내 이야기에는 유난히도 서로 갈등하던 두 존재가 하나가 되어 새 인물로 다시 태어나는 전개가 많은데, 의도한 바는 아니지만 『데미안』에서 싱클레어와 데미안이 하나로 수렴되는 결말에서 영향을 받았다 하지 않을 수 없다. 내 단편 「진화신화」의 생각은 『데미안』의 서문에 등장하는, "한 번도 인간이 되어 보지 못한 사람도 많다. 그는 개구리나 도마뱀, 또는 개미 따위의 단계에 머무르고 있는 것이다."라는 문장에서 나왔다. 나는 그 문장에서 사람이 한 일생 동안 계통 발생을 반복하는 세계를 상상했다. 2017년에 낸 『저 이승의 선지자』의 첫 생각은 『유리알 유희』에서 왔다. 그 소설을 읽으며 나는 이승은 하나의 학교이고, 세계는 윤회와 전생을 반복하는 여러 학파의 학자들이 운영한다는 상상을 했다.

물론 이런 식의 요약에는 구멍이 많다. 내 소설의 기원은 하나가 아니고, 내 기원 역시 하나가 아니다. 내 소설의 방향성 역시 하나가 아니다. 하나의 소설이 시작될 때에는 내가 보고 듣고 체험한 많은 것들이 함께 작용한다. 단지 헤세의 철학은 내 무의식을 지배하고 있고, 나는 여전히 영향을 받는다. 지금 이 글을 쓰기 위해 오랜만에 『데미안』을 다시 읽었다가, 오롯이 나만의 신념이라 믿었던 생각들이 소설의 문장마다 자리하고 있는 것을 보고 다시금 놀랐다.

8.

괜한 덧붙임을 하자면 나는 헤세로부터 환상문학의 기법도 같이 배웠다.

흔히 SF작가는 SF로부터 SF를 배운다는 편견이 있다. 하지만 내가 어렸을 때엔 SF라는 이름을 달고 국내에 나온 책 자체가 없다시피 했다. 하지만 이는 분류학적인 문제다. SF의 기법은 실상 모든 문학에 스며들어 있고, 헤세의 작품에도 그러하다.

『데미안』에서 막스 데미안은 내 해석으로는 환상의 존재였다. 『크눌프—삶으로부터의 세 이야기』에서 크눌프는 실제로 신과 대화를 한다. 일종의 붓다의 대체역사소설로 볼 수 있는 『싯다르타』에서 붓다는 일종의 붓다의 초자아인 '고타마'와 일종의 에고인 '싯다르타'로 분열된 두 사람의 삶을 살고, 싯다르타는 역사와 달리 구도의 길을 뛰쳐나와 상인으로서의 쾌락을 누린다. 헤르만 헤세의 『유리알 유희』에는 "문명 비판적 미래소설이다."라는 소개글이 달린다. '미래소설'이라니, 그건 무슨 장르인가. 왜 SF라고 당당하게 말을 못하는지 모르겠다. 1946년 노벨문학상 수상작인 이 소설은 SF고, 또한 탁월한 SF다.

헤세의 신비주의적 성향, 문명 비판적이고 정치 풍자적인 우화는 한 걸음 더 들어갔을 때 완전한 환상문학으로 나타난다. 이 환상문학은 그의 글쓰기의 연장선상에 있고 같은 계보에 있으나, 문학계에서는 억지로 이 소설을 '동화'로 분류해 아동용으로 치부하거나 그 존재를 없는 셈 치곤 한다. 생각해 보면 문학계도 『데미안』에서 말하듯이 멀쩡히 존재하는 세상의 절반을 아우르지 못하고 없는 셈 치부하며 가지 않던가.

절판되었지만 나는 헤세의 환상소설집인 『의자와의 대화』(책나무 출판사)를 몹시 사랑하여 몇 번은 새로 사서 보았다.

『헤세로부터의 편지』(황금가지)는 정치 에세이집이지만, 여기에도 「자라투스트라의 귀환」, 「유럽인에 관한 우화」, 「내가 전쟁을 잊는 방법」 등, SF선집에 실려도 전혀 어색하지 않을 법한 훌륭한 단편들이 숨어 있다. 물론 헤세의 '동화'를 모은 『환상소설집』도 출간되어 있지만, 환상성이 있다는 이유만으로 그 소설들을 모두 동화로 해석하는 건 안일한 분류법으로 본다.

「사랑을 선물 받은 아우구스투스」에는 '모든 사람에게 사랑받는' 축복을 받은 아우구스투스라는 인물이 등장한다. 하지만 그는 조금도 행복하지 않다. 그는 자신의 행운을 경멸하며 지독한 망나니로 자라난다. 결국 그는 불행한 나머지 축복을 거두어 달라고 청하고, 대신 '내가 사람들을 사랑하게 해 달라'고 빈다. 그러자 모두가 그를 미워하기 시작하고 아우구스투스의 삶은 나락으로 떨어진다. 하지만 그제야 그는 비로소 평온을 찾는다.

「어느 별이 보내 온 이상한 소식」에서, 어느 마을에 재난으로 사람이 많이 죽자 장례에 쓸 꽃이 부족해진다. 소년은 꽃을 구하기 위해 길을 떠났다가 전쟁 중인 왕을 만난다. 온전히 다른 가치 속에서 사는 두 사람이 만나고, 왕은 이 소년이

성자인지 철모르는 아이인지 궁금해한다.

모두 내가 사랑해 마지않았던 이야기들이다. 그리고 늘 헤세의 이 시를 사랑했다.

나는 이런 시인에 불과하다

나도 위대한 시인이 하듯이

지칠 줄 모르는 화려한 날개를 타고

순수한 미의 성스러운 광채 속에 안식하면서

동료와 종려의 영예의 관을 다투고 싶다.

하지만 나는 안다.

나는 그런 시인이 못 된다는 것을.

미소 어린 태도로

관자놀이 둘레에 밝은 화환을 엮고

즐거운 꿈을 꾸면 저절로 노래가 나오는

그런 시인이 아니라는 것을.

나는 이런 시인에 불과하다. 가끔 멀리서

환한 영혼이 서먹서먹하게 스치기만 해도

영원한 아름다움이 가까운 바다처럼

나타났는가 싶어 놀라고

때로는 자기 입술에서 무의식적으로 흘러나오는

노래의 가락에 깜짝 놀라 귀를 기울였다가

그 어느 것도 자기 노래는 아니건만

그래도 무상한 행복을 느끼는 시인에 불과하다.[*]

9.

작가로 사는 내내 나는 늘 한 개인으로 인정받지 못한다는
생각을 했다. 나는 언제나 집단으로 분류되었다.

인터뷰를 하면 늘 다른 사람과 함께였고, '장르문학 특집',
'SF 특집' 같은 이름 아래 집단의 일원으로 소개되곤 했다. 행
사를 하면 SF의 정의와 추천 SF 목록을 말해야 했고, 작은 성
과라도 내면 "SF의 불모지에서 성과를 냈거나" "한국 SF가
이만큼 발전했다" 같은 명제 아래에 서술되곤 했다. 하지만
어느 분야든 소수자성을 가진 이들이 체험하는 일일 테니 나

---

[*] 『마지막 한 걸음은 혼자서 걸어야 합니다』, 최혁순 엮음, 을지출판사, 1990

름대로는 그러려니 한다.

　내가 오랫동안 사랑한 한 명의 작가를 떠올리자 처음으로
온전히 나만의 이야기를 할 수 있었다. 감사한다.

* 본문에서 『데미안』을 인용한 부분은 범우사 판본(홍경호 옮김, 2018년)에서 발췌했
　습니다.

나만의 속도

황
시
운

황시운

/

다시 오월이다. 내 삶을 부러뜨린 오월이 일곱 번 반복되는 동안, 나는 두 다리 없이 사는 법을 배웠고 끝나지 않을 것만 같았던 난독의 시간을 보냈다. 고독한 일상과 화해하고 온전히 나 자신에게 집중하고 나서야 다시 읽고 쓸 수 있게 되었다.

읽는다는 것은, 그리고 쓴다는 것은, 결국 가장 내밀한 나 자신과 만나는 일일 것이다. 앞으로 몇 번의 오월을 더 살아가게 될지는 알 수 없지만, 오월이 돌아올 때마다 작가로 살고 있음에 감사할 것이다. 아무리 더뎌도 나는 앞으로 나아갈 것이고, 언제 어디에서든 무언가를 쓰고 있을 테니, 그것만으로 이미 충분하다.

나만의 속도

"달팽이의 타고난 느린 걸음걸이와 고독한 삶은
아무것도 보이지 않던 어둠의 시간 속에서 헤매던 나를
인간세계를 넘어선 더 큰 세계로 이끌어주었다."
– 『달팽이 안단테』 중에서

나도 모르는 사이 흘러나온 똥을 뭉개고 앉아서 엄마를 기다
린다. 엄마가 도착하기까지의 십여 분은 언제나 너무 길다.
그 십여 분 동안, 나는 악취가 진동하는 내 인생을 찢고 부수
고 으깨 버린다. 수치심과 분노로 몸을 떨며 비명을 지르거
나 잔혹한 신과 구원 없는 세상에 저주를 퍼붓는다. 때로는
어린아이처럼 큰 소리로 울기도 한다. 잊을 만하면 한 번씩

벌어지는 일이다. 내 인생이 얼마나 망가졌는지 잊지 말라고 누군가 정기적으로 알람이라도 울리는 것 같다. 잠시 후, 엄마의 차가 아파트 정문을 통과했음을 알리는 인터폰이 온다. 나는 서둘러 눈물을 닦고 어기적어기적 휠체어를 밀어 화장실로 간다. 엄마에게 우는 모습까지 보일 필요는 없다. 굳이 보여 주지 않아도 내가 늘 울고 있다는 것을 엄마는 이미 알고 있다.

엄마는 집에 들어서자마자 비닐장갑부터 꺼내 낀다. 휠체어에 앉아 있는 나를 변기로 옮겨 앉히고 똥 묻은 바지를 벗긴 다음 엉덩이, 허벅지 할 것 없이 치덕치덕 엉겨 붙은 똥을 대강 닦아낸다. 젤 바른 손가락으로 항문을 마사지해 미처 다 흘러나오지 못한 똥을 빼 주고 비누질을 반복해 샤워까지 마치고 나면 엄마도 나도 기진맥진이다. 엄마가 허리를 짚고 서서 가쁜 숨을 고르는 동안, 나는 마른 수건으로 손 닿는 곳의 물기를 닦는다. 잠시 숨을 돌린 엄마가 남은 물기를 마저 닦아 주고 옷 입는 것을 도와준다. 말끔해진 나를 침대로 옮겨 누이고도 엄마의 일은 끝나지 않는다. 엄마는 서둘러 화장실로 가서 똥 범벅이 된 휠체어와 방석, 그리고 옷을 세탁한다. 변기를 닦고 화장실 청소와 소독도 한다. 뒷정리를 모두 마치고 나면 다시 내게로 와서 배뇨관을 방광에 연결하기 위해 아랫배에 뚫은 구멍과 하반신 여기저기 짓무른 상처들을 꼼꼼히 드레싱해 준다. 가끔은 피고름이 찬 종기를 터뜨려 짜내 주기도 한다. 드레싱을 하는 동안 엄마는 종종 "괜찮으니까 너무 속상해하지 말"라거나 "앞으론 나아질 거"라고 말한다. 하지만 엄마도 나도 아무것도 괜찮지 않으며 나아질 가능성도 없다는 사실을 잘 알고 있다. 이제 나는 꿈에서조차 휠체어를 타고 있다. 의식하지 않아도 때가 되면 소변주머니를 비우고 한 달이고 두 달이고 현관문을 나서지 못하는 생활에도 많이 익숙해졌다. 하지만 이상하게도 대변 문제에 있어서만큼은 한 걸음도 나아가지 못했다. 엄마는 혼이 반쯤 빠진 얼굴로 천장만 올려다보고 있는 나를 한참 더 바라보다 집으로 돌아간다. 다시 혼자 남겨진 나는 천장을 올려다보며 말없이 눈물을 쏟는다. 울어서 해결될 일이 아닌데도 우는 것 말고는 달리 할 수 있는 일이 없어서 울고 또 운다.

사고 후 한동안, L선배는 지금 나에게 벌어지고 있는 일들을 기록하라고 말하곤 했다. 나는 매번 그렇게 하겠다고 대답했지만, 약속을 지키지 않았다. 기록은커녕, 할 수만 있다면 그날 이후의 기억들은 모두 지워 버리고 싶었다. 앞으로 살아갈 날들에 대해서도 생각하고 싶지 않았다. 지난 시간을 기록하는 것도 앞으로의 시간을 계획하는 것도, 무의미하게 여겨졌다. 물론 그런 속마음을 입 밖으로 꺼내 본 적은 없었다. 매 순간 좌절하면서도 그걸 숨기기 위해 안간힘을 썼다. 그래야만 너덜너덜해진 자존심이나마 지킬 수 있다고 생각했다. 어리석게도, 숨긴다고 해서 지켜지는 게 아니라는 걸 몰랐다. 그 당시 나는 잠들 때마다 추락하는 꿈을 꿨다. 소스라치게 놀라거나 비명을 지르며 꿈에서 깨어나면 그것이 계속되는 현실이 아니라 이미 지나간 악몽이라는 사실에 안도했다. 그러나 내 장애가 영구적이라는 판정을 받는 순간, 악몽과 현실의 경계는 무너졌다. 잠이 들면 사고 순간으로 돌아가 있었고, 깨어 있을 땐 사고 순간을 복기했다. 돌이킬 수 없는 일이라는 걸 알면서도 그만둘 수가 없었다. 일부러 크게 웃고 실없는 농담도 곧잘 했지만, 살아 있는 모든 순간이 악몽이었다.

봄밤이었다. 보름달이 떴고 숲은 빛났다. 일행 중 누군가 노래를 부르기 시작했다. 대학 시절 부르던 민중가요였다.

곧 모두가 입을 모았고 나도 나지막이 따라 불렀다. 그 시절 이후 불러 본 적 없었는데도 노래는 막힘없이 줄줄 흘러나왔다. 그날, 우리 모두는 참으로 행복했다. 보상 없는 열정에 사로잡힌 채 저마다의 세월을 견디느라 지치고 고단했지만, 그 순간만은 환하고 가벼웠다. 그런데 어느 순간 혹, 마치 블랙홀이 항성을 빨아들여 사멸시키듯, 세이렌이 뱃사람의 영혼을 집어삼키듯, 그렇게 혹, 무언가가 나를 잡아당겼다. 나는 추락했다. 나의 세계도 함께 추락했다.

이송 과정은 지난했다. 숲으로 들어오는 좁은 길을 막고 있는 트럭 때문에 구급차는 한 시간이 넘게 지체됐다. 그동안 나는 차가운 계곡 물에 반쯤 잠겨 있었다. 계곡의 바위에 찍혀 척추가 부러지고 머리가 깨진 채였다. 동료들이 곁을 지켜 줬지만 춥고 무서웠다. 무엇보다 너무 아팠다. 난생 처음 경험해 보는 강도의 통증이었다. 간신히 이송된 지방의 대학병원에서는 몇 가지 검사를 하더니 바로 수술에 들어갈지, 아니면 서울로 재이송할 것인지 결정하라고 했다. 부모님이 놀라실까봐 동생에게만 사고 사실을 알리고 불러 내린 터였다. 이미 제 가정을 이룬 성인 남자인 동생은 울면서 갈팡질팡했고 통증과 두려움에 함몰된 나 역시 아무 생각도 할 수 없었다. 나중에 안 사실이지만 그때 이미 동생은 의사들로부터 내가 다시는 걸을 수 없을지도 모른다는 말을 들었다고 한다. 무슨 정신으로 그런 결론에 도달했는지는 알 수 없지만, 우리는 서울로 이송할 것을 결정했다. 구급차에 실려 서울까지 올라오는 내내, 나는 깨어 있는 채로 통증을 견뎌야 했다. 차가 덜컹이기라도 하면 그야말로 숨이 넘어갈 것만 같았다. 잠깐 정신을 놓았다가도 지독한 통증에 이내 눈이 떠지곤 했다. 그렇게 서울의 한 대형병원 응급실에 도착했다.

그날의 사고로 인해 새롭게 알게 된 사실이 몇 가지 있는데, 그중 하나가 아무리 대형병원 응급실이라 해도 생사를 가르는 문제가 아닌 이상 접수 순서대로 진료가 이루어진다는 것이었다. 척추가 부러졌다고 해서 당장 죽진 않는다는 것과 그게 의사들에겐 접수 순서를 무시할 만큼 위급한 상황으로 인식되지 않을 수도 있다는 것, 그리고 그토록 엄중한 접수 순서를 무력화시킬 수 있는 것은 병원 관계자와의 인맥뿐이라는 것 역시 그때 알게 되었다. 의사들은 척수 손상의 경우 빠른 수술이 신경 재생의 가능성을 결정한다고 말하면서도, 그보다 급한 환자들이 많기 때문에 언제 수술에 들어갈 수 있을지조차 확인해 줄 수 없다고 했다. 그러면서 침상이 부족하니 응급실 한쪽 바닥에 시트를 깔고 환자를 내려놓으라는 말까지 했다. 사실 응급실은 말 그대로 난장판이었다. 전장의 야전병원도 아닌데 이미 바닥에 자리를 잡고 누운 환자들이 수두룩했다. 온 세상의 병자란 병자는 다 그 병원으로 모여드는 모양이었다. 하는 수 없이 바로 수술을 해줄 수 있는 병원을 수소문해야 했다. 여러 병원을 전전하다 드디어 수술대기실로 들어간 것은 다음 날 정오가 넘어서였다. 그 긴 시간 내내, 나는 까무룩 정신을 놓았다가도 깨어나면 다시 울며 비명을 질러댔다. 수술할 병원에 도착해 구급차 문이 열리자 뒤늦게 소식을 듣고 병원으로 와 있던 엄마의 얼굴이 보였다.

"죄송해요. 전 괜찮으니까 너무 걱정하지 마세요."

그 와중에도 엄마를 보자 멀쩡한 말이 튀어나왔다. 엄마는 울음을 삼키며 대답했다.

"머리는 괜찮구나. 머리 안 다쳤으면 된 거야. 천만다행이지."

나는 괜찮다고 말했고 엄마도 다행이라고 했지만, 모든 순간들이 빠짐없이 끔찍했다. 너무 끔찍해서 도무지 현실 같지 않을 정도였다.

나는 지금도 그날의 사고에 대해선 그저 '운이 나빴다'라고 밖엔 설명할 길이 없다. 하지만 단지 '운이 나빴다'란 말만으로는 결코 설명될 수 없는 일이었다. 반복되는 수술과 치료를 위해 병원 생활을 하는 내내, 나는 끝도 없이 사고 순간을 복기하며 내게 벌어진 일들을 이해해 보려 애썼다. 내가 추락한 그 다리에는 난간이 설치되어 있어야 했다. 행정의 실수, 혹은 게으름이 난간의 필요성을 간과했고, 그 결과 한 사람의 인생이 부러졌다. 책임을 물어야 한다고 생각했다. 적어도 내겐 내게 일어난 일에 대한 설명과 사과를 요구할 권리가 있다고 믿었다. 하지만 법은 행정의 실수, 혹은 게으름을 너무 간단히 용서해 버렸다. 끝내 아무도 내게 사과하지 않았다. 게다가 시혜를 베풀 듯 지급된 보상금은 치료비에도 채 미치지 못했다. 보행자의 과실을 책정할 땐 아무 상관없던 내 직업이 행정기관의 과실을 보상금으로 환산할 땐 결정적인 영향을 미쳤기 때문이다. 소설가라는 직업은 최저임금을 받는 일용직근로자로 치환돼 보상금액이 결정됐다. 적용된 노동 가능 기간은 비현실적으로 짧았고 과실 비율의 산정 기준도 끝내 납득하기 힘들었다. 법도, 행정도, 심지어 소설조차도 내게 일어난 사고에 대해 제대로 설명하거나 책임져 주지 않았다. 온 세상이 한편이 돼서 나를 비난하고 기만하는 것만 같았다. 결국, 내게 무슨 일이 일어났는지 나조차도 이해하지 못한 채로 소송은 마무리됐다.

2년여의 병원 생활 끝에 퇴원이 결정되자 엄마는 서둘러 살던 집을 처분했다. 고층이었던 이전 아파트 대신 1층에 위치한 아파트로 이사한 이유는 나중에 동생에게 들어 알게 되었다. 내 앞에선 단 한 번도 내색한 적 없었지만, 엄마는 내가 자살이라도 할까 봐 걱정이었던 모양이다. 혹시나 싶은 본인의 걱정까지 얹어 고백하듯 이야기하는 동생에게 내 몸으로 투신은 시도 자체가 불가능하다고 농담하듯 대꾸했다가 비난을 사기도 했다. 숲을 끼고 있는 변두리의 새 아파트는 조용했다. 그곳에서 나는 깊은 웅덩이 속에 고인 물과도 같은 시간을 흘려보냈다. 볕 좋은 날 휠체어에 앉아 창밖의 숲을 바라보고 있자면 나를 둘러싼 시공간이 노글노글해지다 못해 내 존재마저도 천천히 녹아내리는 듯한 기분이었다. 이제 내가 살아 있다는 걸 증명해 주는 건 온갖 진통제로도 다스려지지 않는 통증뿐이었다. 감각은 사라지고 통증만 남은 몸

뚱이가 존재를 증명하는 유일한 정체성이 된 셈이었다.

시간과 함께 고여서 천천히 썩어 가던 어느 여름날, L선배로부터 책이 한 권 도착했다. 『달팽이 안단테』였다. 책과 함께 동봉된 카드 속엔 이번에도 '기록해야만 한다'는 메시지가 담겨 있었다. 카드 속 짧은 메시지를 반복해서 읽었다. L선배의 진심이 느껴졌다. 책을 집어 들고 이리저리 살펴봤다. 종이를 사각사각 갉아 먹는 달팽이 그림의 표지가 사랑스러웠다. 양장본이지만 무겁지 않고 따뜻한 질감의 지질도 마음에 들었다. 하지만 선뜻 책장을 넘겨 볼 순 없었다. 고통스럽더라도 L선배의 충고대로 내게 일어나고 있는 일들을 기록했어야 하는 걸까. 그랬다면 괜찮았을까. 책 표지를 만지작대며 생각했다.

언제부턴가, 책을 읽을 수 없었다. 기계적으로 글자를 읽어 내려 갈 순 있었지만 글자들이 문장을 이루기도 전에 산산이 부서지고 말았다. 아무리 반복해서 읽어도 내용이 머릿속에 남질 않았다. 다 읽고 책장에 꽂아 둔 책을 며칠 사이에 다시 꺼내와 읽으면서도 절반이 넘어가도록 이미 읽은 책인 줄 모를 때도 있었다. 그쯤 되자 인지능력에 문제가 생겼다는 의심을 품지 않을 수 없었다. 신경병증성 통증 때문에 언제나 한계량까지 먹어 온 항우울제나 항경련제, 마약성 진통제들이 부작용을 일으켰을지도 모른다는 생각이 들었다.

"바보가 되어 가는 것 같아요. 책을 읽을 수가 없어요. 혹시 약 때문일까요?"

진료를 받을 때마다 호소했다. 가장 비싼 특진료를 받는 주치의는 만성화된 통증이 무기력증을 유발하고 자극 없는 생활은 여러 퇴행적 문제를 일으킬 수 있다는 원론적인 이야기만 반복했다. 마지막으로 심리치료를 권하며 진료를 마무리하기까지는 채 5분도 걸리지 않았다.

읽을 수 없는데 제대로 써질 리가 없었다. 그런데도 책상앞에 웅크리고 앉아 통증을 견디며 무언가를 썼다. 내게서 빼져나오는 거라곤 악몽뿐이었지만 기회가 닿으면 거절하지 않고 작품을 발표했다. 나는 양심도 자존심도 없는 사람처럼 나날이 뻔뻔해졌다. 달리 방법이 없다고 생각했다. 읽을 수도 쓸 수도 없다고 누구에게 말할 수 있을까. 그렇지 않아도 나는 이미 잊힌 사람인데. 하루 종일 휠체어에 앉아서 창밖으로 보이는 숲의 색깔이 변해 가는 걸 지켜보는 것 말고는할 수 있는 일이 없는 사람인데. 동료들은 속속 새로운 작품을 발표했고 친구들은 자기들끼리 관계를 형성했다. 그 모든 일들이 스트레스로 작용했다. 나는 끝도 없이 옹졸해졌다. 내가 사라졌는데도 아무 문제없이 잘 돌아가는 세상이, 매끄럽게 일상을 이어가는 이들이 밉고 원망스러웠다.

『달팽이 안단테』는 썩 마음에 드는 모습이었지만, 읽어 봐야 아무 소용없을 거라는 생각을 떨쳐 내기 힘들었다. 그렇다고 언제까지나 거짓말만 하고 있을 수는 없었다. 한참의 고민 끝에 책장을 들췄다. 그리고 아주 천천히, 어쩔 수 없이 대부분의 문장들을 여러 번 반복해 가며 읽기 시작했다.

의사들이 나를 치료해 줄 거야. 그들은 분명히 이 상황을 멈출 수 있어. 숨을 길게 내쉰다. 숨이 끊어진다면 어떻게 될까? 잠을 자야 해. 하지만 잠드는 것이 두렵다. 그냥 이렇게 눈을 치켜뜨고 있어야 하지 않을까. 지금 잠들면 다시는 깨어나지 못할지도 몰라.

짧은 프롤로그의 마지막 단락을 읽는데 후드득 눈물이 쏟아졌다. 내가 건너온 시간들이 한꺼번에 밀려왔다. 등단 이후 단 한 건의 청탁도 받지 못한 채 무명의 시간을 견뎌야 했다. 불안하고 초조했다. 재능에 대한 의심과 세상을 향한 원망이 쌓여 갔다. 그렇게 4년을 보낸 끝에 창비장편소설상을 수상했다. 수상 사실을 알리는 전화를 받을 땐 도저히 믿기지 않아 정말이냐는 질문을 끝도 없이 반복했다. 그리곤 엄마에게 전활 걸어 울음을 터뜨렸다. 시상식 당일엔 온 세상이 나를 중심으로 돌아가는 듯한 착각이 들 지경이었다. 그날은 나는 말할 것도 없고, 부모님께도 선물 같은 날이었다. 앞으로 내 인생에 그보다 큰 사건은 벌어지지 않을 줄 알았다. 사고는 수상작이자 나의 첫 책이기도 한 『컴백홈』을 세상에 선보인 다음 날 일어났다. 나는 절정의 기쁨을 맛보자마자 차가운 바닥으로 곤두박질쳤다. 이후론 매 순간이 트라우마로 남았다. 간절히 살고 싶었지만 동시에 너무나 죽고 싶었다. 언제나 혼란 속에서 간신히 잠들곤 했다. 이 단락을 읽는 순간, 그 끔찍한 시간들을 건너서 나는 결국 살아남았구나, 안도감이 들었다.

하반신 마비란 단순히 보행 기능의 상실만을 의미하는 것이 아니었다. 마비와 함께 몸속 장기들의 기능이 급속도로 떨어지면서 여러 합병증을 겪게 되고, 나이에 상관없이 골다공증이 가속화되며, 감각의 상실로 뼈가 부러지고 살이 썩어

들어가도 눈으로 확인하기 전까진 알 수 없는데, 혈액 순환이 극단적으로 나빠져서 피부가 괴사하는 욕창의 위험에까지 노출된다는 뜻이었다. 또한, 남은 인생 내내 관을 통해 소변을 뽑아내고 관장을 해서 대변을 처리해야 하며 생식기를 통한 평범한 섹스가 어려워진다는 뜻이기도 했다. 보행 기능의 상실은 적응하기에 따라 일상을 불편하게 하는 데 그칠 수 있겠지만, 나머지 문제들은 생존에 대한 위협이었고 인간으로서 지켜야 할 존엄마저 무너뜨리는 일이었다. 무엇보다 고통스러운 것은 통증이었다. 척수 손상의 후유증으로 나는 매 순간 하반신을 칼로 베고 창으로 찌르고 사포로 갈아내다 못해 활활 불태우는 듯한 신경병증성 통증에 시달려야했다. 손상된 신경은 제멋대로 날뛰었고 뇌는 손상된 신경이 보내는 거짓 신호에 번번이 속았다. 복약 한계치에 달하는 진통제로도 조절이 안 되는 통증을 조금이라도 줄여 보려고 신경차단술을 비롯해 할 수 있는 일은 다 해봤다. 그런데도 해결이 안 되자 의사들은 드문 경우지만 나와 같은 사례가 없는 건 아니라고 변명하듯 말했다. 그 말은 마치 '당신처럼 재수 없는 경우는 정말 드물다'는 말처럼 들렸다.

"통증과 친구가 되어 보세요."

의사들 중 하나는 말했다. 재활의학계에선 손에 꼽히는 명의라고 알려진 이였다. 그런 이의 입에서 어떻게 저렇게 끔찍한 말이 아무렇지도 않게 흘러나올 수 있는 걸까. 의사의 단정한 입매를 멍하니 바라보며 생각했다. 나는 실체 없는 통증에 급격히 매몰됐고, 결국 내 존재 자체와 불화하기 시작했다. 무슨 일이 벌어진 거지? 왜 하필이면 나지? 내가 뭘 잘못했지? 이제 어떻게 살아가지? 이렇게 사는 게 무슨 의미가 있지? 도대체 내가 왜 존재해야 하지? 내가 아직 인간이긴 한 건가? 의문은 끝이 없었고 억울함은 풍선처럼 부풀어 올랐다.

구체적인 불화는 대변 문제에서부터 시작됐다. 수술 후 한동안은 대변을 보지 않았다. 자연스러운 일이라고 했다. 그러나 2주가 넘어가자 관장을 하기 위한 약이 처방됐다. 처방에 앞서 주치의는 자연적인 배뇨나 배변이 불가능하므로 이제부터는 먹는 것도 배출하는 것도 규칙적이어야 한다고 설명했다. 특히 소변량 조절을 잘못해 소변이 역류라도 하게 되면 평생 신장투석을 하며 살게 될 수도 있다고 겁을 주었다. 설명 끝에 관장을 하는 게 처음이냐고 묻는 주치의에게 고개를 끄덕였다. 그러자 그는 내 어깨를 토닥이며 불편하더라도 익숙해지도록 노력해야 할 거라고 말했다. 엄마와 난 이번에도 고개를 주억거렸지만 그 말의 의미를 제대로 이해하지 못하고 있었다. 간호사가 준 약을 복용하고 좌약을 넣은 지 30분쯤 지났을 때, 나는 침대에 실린 채 복도 끝 비상계단의 계단참으로 끌려갔다. 간호사에게 병실이나 화장실에서 해결하고 싶다고 부탁했지만, 병실에서 관장을 하는 것은 다른 환자들에게 폐가 되니 안 되고 병원 내에 침대가 들어갈 수 있는 화장실은 없다고 했다. 그 계단참엔 의료진 전용 엘리베이터가 있어서 비상문을 잠가 출입을 통제할 수도 없었다. 그런데도 간호사는 겨우 두 단짜리 파티션으로 침대를 가려 주곤 돌아가 버렸다. 그곳에서 나는 침대 위에 방수 패드를 깔고 누운 채로 대변을 봐야 했다. 관장약이 녹자 항문에선 방귀와 함께 돌처럼 딱딱하게 굳은 대변이 흘러나왔다. 악취가 진동했다. 나는 겨우 서른다섯 살이었다. 서른다섯 살의 미혼 여성인 나는, 내 또래의 젊은 의사들이 똥냄새 때문에 이맛살을 찌푸리며 엘리베이터에서 타고 내리는 모습을 파티션의 이음매 사이로 똑똑히 지켜봤다. 그들 중 몇몇과는 시선이 마주치기도 했다. 자존감은 바닥을 쳤고 수치심은 극에 달했다. 그 순간 나는 더 이상 인간이 아닌 것만 같왔다. 대변이, 그러니까 똥이, 내 인생을 뒤흔드는 이유가 될 거라곤, 살아오는 동안 단 한 번도 짐작하지 못했다. 그날 이후론 매일매일이 전쟁이었고 절망이었다. 그때 나는 내가 칠 년이나 버텨서 오늘까지 올 거라고는 생각하지 못했다. 그리고 여전히, 나는 내가 그다지 오래 버티지 못할지도 모른다는 생각을 한다. 다만 엄마보다는 오래 살아야 한다고 끊임없이 다짐할 뿐이다. 그날, 딸 또래의 젊은 남자들이 오가는 계단참에서 시집도 못 보낸 딸의 대변을 받아 낸 엄마에게 그 딸을 앞세우는 고통까지 안겨드릴 수는 없다.

대학병원에서 퇴원한 후에도 재활병원을 옮겨 다니며 재활치료를 받아야 했다. 맨 처음 시도한 훈련은 침대의 안전 바를 붙잡고 몸을 돌려 모로 눕는 것이었다. 그 다음은 치료사들이 나를 들어 넓은 매트로 옮겨 주면 양팔을 크게 휘두르며 그 탄력을 이용해 혼자서 몸을 좌우로 반 바퀴씩 굴리는 동작이었다. 이 구르기 훈련을 일주일 내내 반복한 끝에 혼자서 몸을 일으켜 앉을 수 있게 되었다. 그렇게 일으킨 몸을 어딘가에 기대거나 붙잡지 않고 유지하기 위해서도 훈련이 필요했다. 양팔을 앞이나 옆, 위로 나란히 뻗기 위해서도, 손으로 컵이나 책 같은 일상용품을 들어올리기 위해서도, 가벼운 고무공을 던지고 받기 위해서도 훈련을 받아야 했다. 옷을 입고 벗는 것, 양말과 신발을 신는 것, 혼자서 세수를 하고 머리를 감는 것, 설 수도 걸을 수도 없는 다리를 대신해 두 팔의 힘만으로 내 몸을 움직여 휠체어로 옮겨 앉는 것도 다 훈련이 필요한 일이었다. 살아오는 동안 자연스럽게 익히고 아무 의식 없이 행해 왔던 모든 동작들을 부자연스럽게 의식하며 처음부터 다시 배워야 했다. 그리고 그 모든 순간엔 신경병증성 통증이 함께했다. 지금까지도 물결치듯 강도의 변화만 있을 뿐, 통증이 없는 순간은 단 한순간도 없다. 나는 이제 통증이 사라진 감각은 기억하지 못한다.

『달팽이 안단테』의 저자 엘리자베스 토바 베일리는 서른 네 살에 미확인성 바이러스에 감염되어 사지가 마비됐다. 시간이 흘러 마비 증상이 어느 정도 회복된 후에도 그는 자리를 털고 일어나지 못하고 20년 이상 투병했다. 발병 초기 특수검사를 진행하던 중 자율신경계가 망가지면서 자율신경실조증까지 얻은 탓이었다. 하지만 여러 합병증과 신경 손상을 감수하며 받은 검사에서도 병명은커녕 감염 원인조차 분명하게 알아낼 수 없었다. 그가 자신의 병명이나마 알게 된 것은 투병을 시작한지 7년이 지난 후였다고 한다. 그러니까 7년 동안은 자신의 사지가 왜 마비됐는지, 어째서 그토록 고통스러운 병에 걸리게 됐는지 알 수 없었다는 얘기다. 병명조차 모르는데 치료에 대한 희망인들 가질 수 있었을까. 환자가 가장 견디기 힘든 건 회복에 대한 희망이 없는 시간이다. 그 시간 동안 환자는 살아 있는 것도 죽은 것도 아닌 상태로 지낼 수밖에 없다. 인간을 복제해 낼 수도 있다는 현대의학이 하지 못하는 일은 생각보다 많다. 인간은 복제해 낼 수 있을지 몰라도, 한 번 끊어진 척수신경은 다시 잇지 못하고 손상된 신경의 교란으로 발생하는 통증의 조절조차 완벽하게 해내지 못한다. 베일리나 나처럼 고칠 수 없는 병이나 장애를 가진 이들에게 '의학의 눈부신 발달'이나 '기적의 치료법'같은 말들은 허상에 불과하다. 나도 처음엔 의사들이 나를 치료해 줄 거라고 믿었다. 다시 걷게 해줄 거라고, 이 끔찍한 통증에서 벗어날 수 있게 해줄 거라고 믿고 싶었다. 거듭된 수술의 경과를 설명할 때나 온갖 시술을 시행하기 전 기대효과에 대해 설명하는 의사들은 하나같이 자신감에 차 있었다. 심지어 주위에선 자격증도 없는 침술가나 기 치료사, 뜸 치료 전문가라는 이들을 소개하며 좀 더 적극적으로 치료에 임하지 않는 나와 엄마를 비난하기도 했다. 엄마는 고민 끝에 나를 데리고 전라도 어느 도시에 산다는 침술가를 찾아가셨다. 치료하지 못하는 병이 없다고 소문난 기 치료사를 수소문하기 위해 혼자서 낯선 도시를 헤매시기도 했다. 가장 최근엔 동남아 어느 나라에서 자원봉사를 하다 잠시 귀국했다는 뜸 치료사를 집에 데려오셨다. 치료사는 여러 날에 걸쳐 뜸을 떠 주며 나와 같은 척수 손상 환자를 다시 걷게 한 경험이 있다고 자랑스레 말하기도 했다. 당시 뜸 치료를 받다 입은 화상이 낫기까지 석 달이 넘게 걸렸는데, 사소해 보이던 화상이 좀처럼 낫지 않고 점점 심해지는 걸 지켜보던 엄마는 당신이 무식해서 자식을 고생시킨다며 눈물을 보이시기도 했다. 의사들이 권하는 모든 치료를 다 받았고, 사람들의 입에 오르내리는 민간 치료법 또한 시도해 볼 만큼 해봤다. 하지만 시간이 흘러도 나아지는 것은 없었다. 믿음이 확고했던 만큼 절망도 깊었다.

도저히 납득할 수 없는 절망에 갇혀 버렸을 때, 시간을 견디는 것 말고 우리가 할 수 있는 선택은 별로 없다. 그리고 그 선택 속에서 고통스러운 시간을 견디는 것은 전적으로 각자의 몫일 뿐이다. 다만, 우리는 간혹 뜻밖의 동행을 만나고 그에게서 위안을 얻기도 한다. 길이 험할수록 동행이 주는 위안의 가치는 빛을 발하게 마련이다. 투병을 위해 아름다운 시골집을 떠나 도시의 작은 아파트로 옮긴 베일리에게 한 친구가 숲을 산책하다 발견한 달팽이 한 마리를 가져다주었다. 그러나 베일리는 그 달팽이에게 아무런 흥미도 느낄 수 없었다. 건강하던 시절 수없이 산책한 숲길에서 단 한 번도 달팽이를 발견한 적이 없었을 만큼, 그에게 달팽이는 무용한 생물이었다.

하지만 우연히 껍데기 밖으로 더듬이를 내밀며 움직이는 달팽이의 모습을 본 순간, 그는 작은 충격에 휩싸였다. 그것이 살아 움직이는 생명이라는 사실을 새삼스레 자각했기 때문이다. 그는 곧 스탠드 옆에 기대 놓았던 편지봉투에 조그맣게 뚫린 네모 모양의 구멍도 발견했다. 먹이를 찾지 못한 달팽이가 편지봉투를 갉아 먹었다는 사실을 깨달은 베일리는 시든 꽃잎을 시작으로 달팽이가 좋아할 만한 먹이를 적극적으로 알아보고 제공하기 시작했다. 그리고 달팽이가 먹이를 먹을 때 나는 아주 작은 소리에조차 귀를 기울일 만큼 관심을 가지고 달팽이를 관찰했다. 베일리와 달팽이의 동거는 그렇게 시작되었다. 그는 세상과 격리되어 있던 혼자만의 공간을 누군가와 나눠 쓰게 되었다는 사실에 안정감을 느꼈다. 이후 일 년간 베일리는 달팽이가 잠을 자고, 먹이 활동을 하고, 새로운 지역을 탐험하고, 자가수정을 통해 알을 낳고, 백 열여덟 마리의 새끼가 부화하는 모습들을 고스란히 지켜보며 기록했다. 나중에 그것을 바탕으로 책을 준비하는 과정에선 달팽이에 관한 전문서적 수십 권과 십여 편의 논문을 찾아 읽고 공부했으며, 여러 전문가들에게 자문을 구하고 저작권을 가진 사람이나 출판사에 일일이 허락도 구했다. 실제로 『달팽이 안단테』는 베일리 자신의 신변과 내면에 대한 고백 외에도 달팽이의 생태와 진화의 역사에 관해 상당한 전문성을 확보하고 있다. 그렇게 그는, 삶과 죽음의 경계를 넘나드는 자신의 병과 장애 대신 자신과 전혀 다른 존재에 대해 공부하고 이해하며 사랑하는 데 온 신경과 정성을 기울였다.

지난해는 정말로 무엇이 이 험난한 길에서 나를 구해 낼지 전혀 예측할 수 없었습니다. 그런데 숲달팽이와 그 녀석이 낳은 새끼 달팽이가 제 앞에 나타났습니다. 솔직히 말해서 그 녀석들이 아니었으면 버텨내지 못했을 거라고 생각합니다. 나와 다른 생명체를 관찰하는 것은 그것의 삶을 돌아보는 일입니다…

어쨌든 그것은 관찰자인 내게도 살아야 할 목적을 주었습니다. 달팽이에게 삶이 중요하고 내가 달팽이를 중요하게 생각한다면 그것은 내 삶에서 꼭 간직해야 할 중요한 존재라는 것을 의미합니다….

베일리가 담당의사들 중 한 명에게 쓴 편지의 내용이다. 그에게 달팽이를 관찰하며 기록하고 사유한 시간이 어떤 의미였는지, 그것을 통해 그가 무엇을 건너왔는지 짐작할 수 있게 하는 대목이다. 누구에게나 견디기 힘든 고통의 시기가 온다. 제아무리 낙천적인 사람이라고 해도 살아가는 동안 적어도 한번쯤은 넘기 힘든 장애물과 직면하기 마련이다. 그럴 때 세상은 너무 쉽게 우리에게 극복을 요구한다. 장애인에겐 장애를 극복하라고, 암 환자에겐 암을 극복하라고, 학생에겐 입시 중압감을 극복하라고, 실패한 사업가에겐 파산의 경험을 극복하라고, 특수한 사례 몇 가지를 보편적인 극복 사례인 양 제시하며 우리를 부추기고 다그친다. 실패를 돌아보거나 상처를 추스를 틈은 주지 않는다. 그러면 우리는 세상의 요구에 떠밀려 성찰도 치유도 없이 내처 달린다. 오로지 견디는 것만이, 이기는 것만이, 뛰어넘는 것만이 목적이 되어 버린 삶을 살아간다. 나 역시 마찬가지였다.

　도대체 나는 왜 내 앞에 놓인 장애물은 극복해야만 한다고 믿게 되었을까. 넘기 힘든 장애물을 만났을 땐 무리해서 뛰어넘기보다 그냥 살며시 돌아서 갈 수도 있는 거 아닐까. 넘어졌을 때 다시 일어서는 대신 가만히 웅크린 채로 상처에만 집중하는 것이 왜 나쁜가. 어째서 사람들은 넘어서지 못하면 실패한 거라고 단정 지을까. 내가 책을 읽고 소설을 쓰는 게 고통스러워졌던 건 이길 수 없는 걸 이겨 내고 싶어 하는 욕심 때문이 아니었을까. 표면적으로 아무 문제없이 작품 활동을 이어가고, 끊임없이 새 책을 내고, 새로운 관계를 형성하며 그 안에서 무언가를 건져 올리는 동료들에 대한 질투와 그들에게 뒤처지고 싶지 않다는 오기, 잊히는 것에 대한 두려움 같은 것들이 내게서 책을, 소설을 앗아 간 것은 아니었을까. 베일리는 자신을 감염시킨 바이러스나 신경장애에 집착하는 대신 달팽이를 관찰하고 기록하면서 자신의 내면에 집중했다. 그러한 시간이 그를 살렸듯이, 상처 입은 모습 그대로의 나 자신에게 집중하는 시간이 나를 살릴 수도 있지 않을까. 많지 않은 분량의 책을 두 달여에 걸쳐 읽으며 생각했다. 나는 읽지 못하는 나를 받아들이고 치유하는 대신

새 책을 사들이고 전시하는 것에만 집착했다. 친구들이 독서모임에서 읽고 토론했다는 책을, 선배들과 동료들이 읽고 있다는 책을, 그리고 그들 모두가 새로 발간하는 책들을 발견하는 족족 사들여 읽었지만 사실은 하나도 읽지 않은 것이나 다름없었다. 어쩌면 영민한 L선배는 내가 아무것도 기록하고 있지 않다는 사실을 이미 눈치 채고 있었는지도 모르겠다.

어미 달팽이는 내게 가장 좋은 길동무였다. 녀석은 한 번도 내가 대답할 수 없는 질문을 던진 적이 없었다. 또 내가 할 수 없는 것을 하기를 바란 적도 없었다. 나는 달팽이가 바뀐 환경에 적응하고 잘 견뎌내는 모습을 지켜보았다. 달팽이가 그저 묵묵히 미끄러지듯 기어가는 모습을 지켜보는 것 그 자체가 즐거움이었고 깨달음이었으며 아름다움이었다. 달팽이의 타고난 느린 걸음걸이와 고독한 삶은 아무것도 보이지 않던 어둠의 시간 속에서 헤매던 나를 인간세계를 넘어선 더 큰 세계로 이끌어주었다.

1년 후, 처음엔 어미 달팽이를, 이후엔 새끼달팽이들마저 모두 자연으로 돌려보낸 뒤 베일리는 다시 혼자가 되었다.

하지만 달팽이를 만나기 전의 자신으로 돌아간 것은 아니었다. 그는 자신만의 속도로 할 수 있는 많은 일들을 꿈꾸기 시작했다.

처음엔 종종 찾아오던 친구들도 시간이 흐르면서 연락이 뜸해졌다. 오로지 나를 중심으로 생각하고 움직이던 가족들역시 서서히 지쳐갔다. 당연한 일이라고 생각하면서도 서운한 마음이 드는 건 어쩔 수 없었다. 나만 빼놓고 저만치 앞서달리는 세상을 인정하기가 힘들었다. 나는 점점 더 세상과담을 쌓으며 스스로를 고립시켰다. 그러니까, 문제의 시작은세상이 아니라 내 안에 있었던 것이다. 나도 내가 할 수 있는일부터 시작해야 했다는 생각이 들었다. 베일리가 달팽이를보며 자신만의 속도가 중요함을 깨달았듯 나 역시 다른 사람들의 속도에 집착하는 대신 나만의 속도를 찾는 데 몰두했어야 했다. 『달팽이 안단테』를 아주 느리게 읽는 동안, 나는 2년가까이 지속되었던 난독의 시간에서 빠져나올 수 있었다. 베일리가 달팽이에게서 느꼈던 연대감을 내가 그에게서 느꼈기에 가능한 일이었다.

내 침대는 황량한 바다와도 같은 방 안에 외롭게 떠 있는 섬이었다. 그러나 나 말고도 전 세계 여기저기 흩어져 있는 수많은 시골 마을과 도시에는 다치고 병들어 집 안에만 틀어박혀 있는 사람들이 많이 있다. 우리는 모두 서로 볼 수는 없지만 하나의 공동체였다. 나는 비록 여기 침대에 누워 있지만 그들 모두와 연결되어 있음을 느꼈다. 우리도 또한 은자들의 공동체였다.

나는 그저 어딘가 고장 난 사람이 아니었다. 완벽하게 혼자 남겨진 것도 아니었다. 그와 나는, 그리고 자기만큼씩의 어둠에 갇힌 채 웅크리고 있는 우리 모두는 은자들의 공동체였다. 물론 나는 아직 길고 어두운 나만의 터널에서 완전히 빠져나오지 못했다. 앞서 밝혔듯이 며칠 전에도 대변 문제로 밤새도록 울면서 나는 더 이상 사람이 아닌 것만 같다는 생각을 했고, 종종 자살 충동에 시달리며, 그로 인해 약물과 상담치료를 받고 있다. 독서와 글쓰기에도 여전히 어려움을 느끼며, 인지능력이 저하되고 있다는 의심 역시 버리지 못하고 있다. 운동을 통해 '극복'할 수 있을지도 모른다는 통증은 여전히 운동을 할 수 없을 만큼 심하고, 최근엔 신경 손상과 신체 마비가 불러올 수 있는 여러 합병증들이 속속 나타나기 시작했다. 하지만 적어도 더 이상은 세상의 속도와 나의 속도가 같을 수 없다는 것과, 내게 맞는 속도를 찾지 못하고 있다는 사실을 인정하는 데까지는 왔다. 아픈 나를 좀 더 너그럽게 들여다보고 내 장애와 불화하는 나를 이해할 시간이 필요하다는 것을 알게 됐다. 이런 일은 내가 아닌 누구라도 받아들이기 힘들 수밖에 없다는 걸, 내가 느닷없이 얻게 된 장애를 받아들이지 못하고 두려움 속에서 웅크리고 있는 건 너무나 자연스러운 일이라는 걸 이해하게 되었다. 그리고 사고가 난 순간부터 지금까지, 단 한순간도 괜찮지 않았다고 말할 수 있게 되었다. 나는 몸을 굴려 돌아눕고, 반동을 이용해 몸을 일으키고, 상반신만으로 중심을 흐트러뜨리지 않으며 물건을 집어 드는 방법을 배웠다. 휠체어를 자유자재로 몰고 다리 없이 두 손만으로 자동차를 운전할 수도 있게 되었다. 이미 알고 있는 모든 것들을 다 잊고 새롭게 배우는 동안 내 몸에서 일어난 놀라운 변화들을 빠짐없이 기억하고 있다. 그 모든 것들을 이해하고 기록하는 일이 얼마나 중요한지, 난독의 시간을 벗어나는 과정에서 알게 되었다. 앞으로도 나는 때때로 내 존재와 불화하고 그때마다 세상이 끝나 버린 듯 울 테지만, 울고 있는 내게 맞는 속도를 체득할 수 있을 것이다. 사고 이전의 나와 이후의 내가 같은 사람일 수는 없어도 더 나은 사람이 되기 위해 나아갈 수는 있다는 것을, 흰입술 숲달팽이 한 마리와 그의 관찰자가 가르쳐 주었다. 나는 이제 달팽이처럼 느릴 수도 있고 그보다는 조금 더 빠를 수도 있겠지만, 어느 쪽이든 무슨 상관일까. 모두가 저마다의 속도로 나아가고 있을 뿐인데.

* 본문 인용 부분은 『달팽이 안단테』(엘리자베스 토바 베일리 지음, 김병순 옮김, 돌베개, 2011)에서 발췌했습니다.

숨어 있기 좋은 책

한 지 혜

한지혜

/

책에 대해 쓰기로 했는데, 방에 대해서만 썼다. 이것이 무엇을 의미하는지 곰곰이 생각하고 있다. 영화 「원더풀 라이프」는 죽은 후에 생의 가장 아름다운 순간을 기억해야 하는 사람들에 대한 이야기이다. 나는 그들 중 어려서 숨바꼭질을 하며 벽장에 숨었던 기억을 택한 이가 유독 마음에 남는다. 삶이 너무 고통스러워 아무것도 가져가고 싶지 않다는 사람. 나는 그 선택이 존재를 들키고 싶었던 욕망은 아니었을까 의심스럽다. 아마도 나는 그 인물에게서 작가로서의 내 존재를 느끼는 것 같다. 숨바꼭질이란 들키지 않아야 이기는 놀이지만, 동시에 끝내 들키지 않으면 외롭고 쓸쓸해지는 아이러니한 놀이기도 한 것이다. 아무에게도 들키지 않고, 생의 비밀을 다 드러내고 싶은 이중적인 욕망. 그 욕망이 나의 읽기를 쓰기로 치환하였을 터. 그런데 나는 지금 벽장 안에 있나 밖에 있나. 내가 다음에 쓰게 될 소설만이 그 답을 알고 있을 것이다.

숨어 있기 좋은 책

"못나고 더럽고 가난하고 지저분한 얼굴로 나타나는
인생의 수많은 진짜 엄마를 나는 어떤 방식으로 껴안아야 할까.
몇 번은 품었고, 몇 번은 모른 척 도망쳤던 것 같다."

기억 속에서 내가 책을 읽고 있는 첫 장면은 식당에 딸린 한
칸 방에 있다. 버스 종점 옆에 붙어 있던, 동그란 모양의 알
루미늄 테이블이 두 개 혹은 세 개가 전부였을 식당이다. 아
빠는 식당 옆 버스회사에 고용된 운전기사였다. 식당에 오는
손님은 아빠의 동료들이 대부분이었다. 낮에는 밥을 팔고,
밤에는 술도 팔았다. 식당으로 들어오는 미닫이문 옆에 조리

대와 연결된 창을 내고 도로를 오가는 사람들을 상대로 튀김도 팔고 오뎅도 팔았다. 장사는 그럭저럭 됐던 것 같다. 가끔 거지들이 동냥을 하러 왔다. 그때마다 엄마가 얼마나 매몰차게 내쫓았는지 행색이 기괴한 거지보다 엄마가 더 무서웠다. 식당 출입문 반대편에는 엉덩이 하나 붙일 정도의 마루가 딸린 방이 있었다. 단칸방이었다. 그 방에서 여섯이나 되는 식구가 함께 살았다. 나는 아직 학교에 들어가지 않은 나이였다. 낮에는 엄마가 장사를 하는 동안 식당 앞 도로변에서 놀았고, 밤에는 방구석에 웅크리고 앉아 언니들이 숙제하는 옆에서 책을 읽었다. 그런데 어떻게 책을 읽을 수 있었을까. 국민학교에 들어가서야 나는 비로소 글씨를 배웠다. 그전까지 따로 글씨를 배운 기억이 없다. 그렇지만 그날 나는 분명히 책을 읽고 있었다. 무슨 책이었을까. 모르겠다. 기억나지 않는다. 아마도 붉은 하드커버 표지 때문에 우리가 '빨간 동화책'이라고 부르던, 계몽사 '세계소년소녀문학전집' 50권 중의 한 권이었을 것이다. 『이이솝 이야기』 정도의 짧고 쉬운 이야기가 아니었을까.

어스름 저녁이었고, 어른들은 집에 없었다. 언니들과 남동생 그리고 나만 집에 남겨져 있었다. 장사를 끝낸 시각이라 식당은 컴컴하고 방에만 환하게 불을 켰다. 나는 책을 읽고, 언니들은 엎드려 숙제를 하고 있는데, 누군가 방문을 두드렸다. 문을 열어 보니 식당에 가끔 오던 두 청년이 서 있었다. 아빠를 형님이라고 부르던 이들이었다. 어른들은 어디에 갔는지, 언제 들어오는지 물었다. 우리는 아무 의심 없이 아는 대로 착하게 대답했다. 심심하겠네, 하며 우리를 가만히 쳐다보더니 그들 중 한 명이 갑자기 숨바꼭질을 하자고 했다. 방 안에 놀이터를 만들어 둘 테니 잠깐만 밖에 나가 있으라고 했다. 나는 읽던 책을 덮고 싶지 않아 싫다고 했고 언니들도 내키지 않아 했지만, 그들은 틀림없이 재미있을 거라며 우리를 밖으로 끌어냈다. 방에서 나오자 식당도, 식당 유리문 너머 바깥도 캄캄했다. 주방과 홀을 가로지르는 배선대 위에 놓인 접시에서 하얗게 빛나던 양파 조각이 기억난다. 손님이 먹고 남은 걸 올려놓았던가, 손님에게 내주려고 썰어 놓은 걸 치우지 않았던가 했을 것이다. 왜 그랬는지 모르겠는데, 나는 식당 밖으로 떠밀리면서 홀리듯 그 양파를 집어 옆에 덜어 놓은 고추장에 찍어 먹었다. 달고 아삭하고 시원한 맛이었다. 오래 전이라 모든 일이 드문드문 꿈 같이 흐릿한데 희한하게도 그 양파 맛은 분명하게 기억난다.

놀이터를 다 만들면 신호를 보낸다던 청년들은 오래도록 조용했다. 들어가 봐야 하나 계속 기다려야 하나 지루하기도 하고, 뭔가 불안해지기도 할 무렵 외출에서 돌아오던 엄마가 우리를 발견했다. 왜 밖에 서 있느냐 했다. 숨바꼭질 중이라고 했더니 허겁지겁 식당 안으로 뛰어 들어갔다. 벌써 들어가면 안 될 텐데, 걱정하며 따라 들어갔더니 놀이터는 이미 완성되어 있었다. 우리가 요 대신 바닥에 깔고 자던 3단으로 접는 매트가 서랍장을 가리고 병풍처럼 서 있는데, 정말 놀이터 같았다. 청년들은 보이지 않았다. 우리가 술래였나. 갸우뚱하는데, 서랍장 앞에 주저앉은 엄마가 넋을 놓고 울기 시작했다. 집이 너무 엉망으로 어질러져서 화가 나서 우는 줄 알았다. 그들이 도둑이었다는 걸, 우리를 밖으로 보내고 매트를 병풍처럼 세워놓고 서랍을 뒤졌다는 걸 그때까지도 우리는 전혀 눈치 채지 못했다.

계절이 두세 번쯤 바뀌고서야 청년들이 잡혔던 것 같다. 범죄자 확인을 위해 엄마가 우리 사남매를 데리고 경찰서로 갔다. 어린 우리가 범인들의 유일한 목격자였다. 그 중에서도 가장 큰 아이라는 이유로 겨우 국민학교 3학년 정도였던 큰언니가 대표 진술을 했다고 한다. 우리는 안을 볼 수 있고 안쪽에서는 우리를 볼 수 없는, 나중에 TV를 통해서야 어떤 구조인지 비로소 이해하게 된, 한 면은 거울이고 뒷면은 유리인 방에서 포승줄에 묶인 청년들의 모습을 우리도 보았던 기억은 난다. 드라마 「수사반장」이 인기를 끌던 시절이었다. 가슴이 콩닥거리고 다리가 후들거렸는데, 엄마도 그랬는지 경찰서 밖으로 나오자마자 주저앉아 가슴을 진정시키느라 애를 썼다.

그 기억 때문일까. 50권의 전집 가운데 내가 가장 탐닉했던 책은 『세계 명작 추리 소설집』이었다. 「도둑 맞은 편지」, 「네 개의 서명」 같은 단편 추리물이 수록되어 있었다. 셜록 홈즈는 내게 영웅이면서 동시에 라이벌이기도 했다. 나는 책 속에 나오는 사건의 힌트를 두고 홈즈와 혼자서 대결을 했다. 내가 먼저 범인을 밝혀내고야 말겠다는 의지에 불탔는데 이긴 적은 없다. 그럴 수밖에 없는 게 탐정이 범인을 잡으면서 증거로 내세우는 결정적인 추론에는 늘 본문에 언급되지 않았던 내용이 한두 개 이상씩 들어 있었다. 그 증거를 미리 공개했으면 내가 먼저 범인을 알아챘을지도 모르는데 뭔가 부당한 승부를 한 것처럼 속상했다. 어른이 되면 탐정이 되고 싶었다. 아무도 나에게 장래희망을 묻지 않아서 대답은 못했지만 꽤 오래 가졌던 꿈이다. 탐정이 수수께끼를 잘 푸는 사람이라고 생각했던 시절이다. 동화 속에 나오는 탐정은 사실 그 이상도, 그 이하도 아니었다.

탐정놀이에 시들해지면서 또래 모험가들에게 눈이 갔다. 톰 소여와 허클베리 핀은 내 취향에 딱 맞는 친구였다. 방랑고아 라스무스도 마음에 들었다. 『플랜더스의 개』는 주인공 네로의 인생이 너무 슬퍼서 오래 들여다보지 않았다. 내게는 즐겁고 활기찬 또래의 모험이 필요했다. 책 속의 모험가들과 함께 집을 떠나 새로운 세상으로 떠나는 상상을 했다. 무엇보다도 미지의 세계에 기다리고 있는 나만의 근사한 집을 원했는데, 아마도 그건 내가 살고 있는 집이, 형편이 슬슬 창피해지기 시작했기 때문이었을 것이다.

어느 날, 엄마가 다음에 이사 갈 집은 이층집이라고 말했을 때 우리는 매우 흥분했다. 당연했다. 그때까지 우리는 늘 집이 아닌 방에서 살았다. 그것도 단칸방이었다. 그런 우리에게 이층집은 성(城)이나 다름없었다. 붉은 벽돌을 두르고 초록 지붕을 얹은 집, 이층 창문에는 바깥을 향한 발코니가 있는 집, 두 개로 맞붙은 견고한 철 대문으로 자기만의 세상을 닫을 줄 아는 집, 볕 좋은 날 긴 장대 두 개를 세우고 연결한 빨간 줄에 빨래를 널어 말릴 수 있는 마당이 있는 집. 내게 있어 이층집은 단연코 그런 집이었다. 나는 그런 집 말고 다른 이층집은 알지도 못했다. 나는 겨우 아홉 살이었다. 단칸 방에서 여섯 식구가 사는 가난이라는 게 어떤 건지 이해하지 못했다. 아무런 횡재 없이도 단칸방에서 그런 성처럼 우뚝한 이층집으로 아무렇지 않게 건너갈 수 있는 줄 알았다.

그러나 리어카에 실린 짐을 따라가서 만난 이층집은 그런 집이 아니었다. 이층은 이층이었다. 그러나 건물로 된 이층이 아니라 이층 구조로 이루어진 가파른 비탈에 세워진 집이었다. 그 집의 외형을 어떻게 설명하면 좋을까. 내가 이제까지 갈고닦은 모든 문장력을 다 동원해도 그 집의 모양만은 설명하기 힘들다. 이란 영화「내 친구의 집은 어디인가」에 나오는 그런 벽 속에 갇힌 집이라고 해야 하나. 아니, 그도 설명하기 어렵다. 절벽에 가까운, 절벽처럼 보이는 벽에 구멍을 뚫고 지은 집이라고 해야 하나. 벽에 뚫린 구멍처럼 집이 있고, 그 옆으로 경사가 심한 돌계단이 있었다. 그 계단을 밟고 올라서면 아래층 집의 지붕을 마당처럼 펼쳐놓고 지은 몇 개의 방이 나왔다. 첫 번째 방이 우리의 새 집이었다. 상상했던 것 중에 하나는 맞았다. 그곳에는 마당이 있었다. 그리고 그 마당은 동시에 발코니이기도 했다. 동네 아이들이 길에 서서 나를 부르면 나는 마당 끝에 서서 길 아래에 서 있는 아이들을 내려다볼 수 있었다. 하지만 나는 되도록 그러지 않았다. 오히려 길 아래에서 내가 보일까 숨는 쪽이었는데, 아마도 내가 사는 집을 들키고 싶지 않았기 때문이었던 것 같다.

내가 사는 집은 아무리 생각해도 이상했다. 그보다 더 이상한 집에, 집이라고 하기에도 힘든 집에 살았던 적도 있었다. 그렇지만 내가 살고 있는 집의 기괴함, 내가 처한 삶의 비정상적인 상태를 인식한 건 그 해, 그 아홉 살의 집이 처음이었는지도 모르겠다. 이층이라고 했으나 이층이 아니었던, 그 집 바로 옆에는 놀랍게도 혹은 공교롭게도 내가 이층집이라고 말할 때 상상했던 집과 똑같은 집이 있었다. 리어카 끝에 매달려, 내가 가고 싶었던, 갈 수 있을 거라고 생각했던 집을 지나 내가 미처 상상하지 못했던, 집이라기보다는 벽 같았던 세계로 걸어가면서 느끼던 불안을 기억한다. 그리고 마침내 그 집과 마주친 순간, 그 집을 정면으로 바라보던 나의 시선이 사진처럼 선명하게도 머릿속에 남아 있다. 내 눈에 비친 집과 더불어 그 집을 인지하며 느낀, 이름을 알지 못하는 어떤 감정까지도 정지 화면처럼 찍혀 있는데, 지금 생각해 보면 그건 수치, 그러니까 부끄러움이 아니었을까 싶다. 혹은 절망이었을까. 내가 오를 수 없는, 내 힘으로는 벗어날 수 없는, 어쩌지 못하는 세계의 수준을 처음 보았던 때였을 테니.

　심지어 그 집에서는 빚쟁이도 자주 왔다. 그것도 싸움 잘하는 빚쟁이들만 왔다. 하필이면 꼭 밥 먹을 시간에만 왔다. 갚을 돈은 늘 없었고, 조금만 더 기다려 달라고 부탁하면 TV라도 가져가야겠다며 코드를 뽑기도 했다. 언제부터인가 엄마는 빚쟁이들이 오면 집에 없는 척했다. 구석에 숨어서 우리만 내보내 엄마 없다고 거짓말을 하게 했다. 싸움 잘하는 빚쟁이들을 상대로 하는 거짓말이 쉬울 리 없다. 느이 엄마 숨은 줄 뻔히 안다고 퍼붓는 욕 한 바가지를 먹고 있으면 가슴이 떨리다 못해 발끝까지 저렸다. 그래서 나중에는 빚쟁이가 오면 우리도 함께 숨었다. 방문만 열면 고스란히 안이 보이는데, 없는 척 하면 속을 줄 아느냐 소리를 지르면서도 방문을 열어젖히는 빚쟁이는 없었다. 무서움을 누르느라 숨어서 책을 읽었다. 얼른 가라 얼른 가라, 주문을 외우며 책을 읽다 보면 거짓말처럼 모든 소리가 사라졌다. 책을 읽기 시작하면 주위의 소리를 전혀 듣지 못하는 것도 그즈음 생긴 버릇 같다. 귓구녕이 처먹었느냐, 바로 옆에서 부르는 소리를 어찌 못 듣느냐며 책을 읽다 말고 난데없이 등짝을 맞기 시작한 것도 그 집에서부터 일어난 일이었지 싶다. 일부러 그런 적은 없었다. 정말로 들리지 않았다. 아무 소리도 들리지 않았다. 빚쟁이 목소리도, 엄마의 잔소리도, 화가 난 아빠가 밥상을 엎는 소리도 들리지 않았다. 그 고요가 좋아서, 모두가 있는 세상에서 아무도 없는 세계로 들어가기 위해 나는 하루 종일 책만 읽었는지도 모르겠다.

그렇다고 해서 그 집에서의 내가 내내 우울과 좌절에 빠져 있던 것은 아니다. 앞서도 말했듯 나는 고작 아홉 살이었다. 뛰어놀다 보면 즐거웠고, 미래는 내게 무게감 없는 내일이었다. 성장에의 기대, 나중의 찬란함을 믿는 나이. 가파른 계단을 뛰어내리며 나는 무수히 뛰어놀았다. 그러나 가장 많은 시간을 보낸 곳은 역시 책 속이었다. 톰과 허크와 함께 뗏목을 타고, 라스무스와 함께 방랑을 떠났다. 나는 책 속의 세계를 믿었다. 고아들은 모험을 통해 새로운 삶을 개척한다. 모험가들과의 여행에 지칠 무렵, 주인공들에 대한 내 사랑은 톰 소여와 허클베리 핀을 떠나 구멍에 숨어 물레를 돌리며 실을 잣는 요정들과 『소공녀』의 '새라'에게로 옮겨졌다. 요정들은 늘 착한 사람에게 복을 가져다주었다. 부잣집 딸이던 새라는 아버지가 갑자기 죽으면서, 학교도 다니지 못하고 하녀 신세로 전락해 구박 받으며 다락방에 살게 된다. 하지만 인생을 비관하지 않고 열심히 살았더니 밤마다 맛난 음식과 선물이 찾아왔다. 죽은 줄 알았던 아빠도 살아서 돌아왔던가. 나는 내게도 그런 순간이 올 거라고 믿었다. 그러려면 다락 같은 곳, 나 혼자만 은밀하게 머무를 수 있는 그런 공간이 필요했다. 제아무리 위대한 기적이라도 여섯 식구가 나란히 누워 자는 단칸방 방문을 남모르게 열고 들어올 재주는 없어 보였다. 간절하면 이루어지는 것일까. 얼마 후 나는 거짓말처럼 다락방이 있는 집으로 이사를 하게 되었다.

그전까지 나는 실제로 다락을 본 적이 없었다. 드라마나 만화 영화에 나오는 다락방은 넓었다. 넓으면서 동시에 숨어 있기 좋은 공간이었다. 그리고 나는 그런 공간을 원했다. 여섯 식구가 동시에 복닥거리는 방은 아무리 좁아도 광장이었다. 이층집에서 다시 이사를 준비하면서 엄마는 말했다. "이번에는 다락이 있는 집이란다." 그리고 또 말했다. "너희가 방처럼 쓸 수 있어." 첫 번째 말도 설레었는데, 두 번째 말은 황홀 그 자체였다. 우리는 한 번도 우리만의 공간을 가진 적이 없었다. 4남매가 모두 다락으로 올라가는 일은 벌어지지 않을 것이다. 운이 좋으면 나 혼자 다락을 차지할 수 있을지도 몰랐다. 나는 오직 나만을 위해 준비된 기적이 펼쳐질 공간이 필요했다. 그때는 어려서 몰랐지만 이제 와 생각하면 다락은 한편으로 매우 상징적인 공간이라는 생각이 든다. 일단 위치부터가 땅에서 떨어져 있지 않나. 현실의 바닥에서 위로 향한 사다리를 밟아야 닿는 공간, 그러나 그러면서도 지붕 밖으로는 나가지 못하는, 내가 속한 세상과 여전히 충실하게 연결되어 있는 공간, 꿈을 꾸기에 이보다 더 적합한 장소가 어디 있을까.

나만의 세상에 대한 기대감을 안고 이사하는 날, 나는 누구보다 먼저 방문을 열고 들어가 다락의 위치를 확인했다. 그러나 아무리 보아도 다락이 보이지 않았다. 대체 다락이 어디에 있는지 엄마한테 물어보고서야 다락을 찾을 수 있었다. 찾고 보니 보이지 않던 게 당연했다. 그 방의 다락은 출입문이 닫혀 있을 때는 벽의 일부처럼 보였다. 벽지와 똑같은 종이가 발라져 있기까지 했다. 손잡이 대신 굵은 빨랫줄처럼 생긴 줄을 잡아당겨 문을 열어야 했다. 문을 당기자 가파른 나무 계단이 쿰쿰한 냄새를 피우며 모습을 드러냈다. 굳이 올라가 보지 않아도 천장이 얼마나 낮은지 알 수 있었다. 서는 건 고사하고 키 큰 어른은 앉아만 있어도 천장에 머리가 닿을 것 같았다. 불을 켜지 않은 탓도 있겠지만 몹시 어두웠다. 당장에라도 다락에 올라갈 것처럼 굴던 나는 이삿짐 나르는 데 걸리적거린다는 엄마의 지청구에 순순히 문을 닫았다. 아무래도 그 다락은 기적과 거리가 멀어 보였다. 돌로 된 이층집에 처음 이사 갔을 때 느낀 정도의 실망은 아니었지만 다락에 대한 첫인상도 씁쓸하기는 마찬가지였다.

우리가 살게 된 집은 장독대가 있는 마당을 중심으로 마당 구석구석에 세를 놓을 수 있는 방을 만든 형태의 가옥이었다. 우리는 그중에서 대문을 들어서면 바로 오른쪽에 있는 화장실 뒤쪽에 자리 잡은 문간방에 세를 얻었다. 그물처럼 생긴 방충망이 창문처럼 달린 나무 문을 열면 세 뼘 넓이의 평평한 댓돌이 있고, 그 뒤 한 계단 움푹 파인 높이로 부엌이 있었다. 댓돌은 오른쪽에 있는 미닫이 방문 뒤에 놓인 부뚜막 앞까지 좌우 반전된 ㄴ자 모양으로 놓여 있었다. 그 집의 다락은 부엌 천장 위에 만들어진 것이었다. 그러니 넓이만 따지자면 부엌 전체와 같았다. 게다가 그 집은 방에 딸린 부엌이 아니라 부엌에 딸린 방이라고 해도 좋을 만큼 방과 부엌의 넓이가 엇비슷했다. 여섯 식구가 살자고 세를 얻은 방이기는 하지만 그래도 단칸방은 단칸방이라 딱히 넓은 방은 아니었다. 그럴 때 여분의 공간이 되어 줄 수 있는 정도의 넓이의 다락이었다. 아이들은 자라고, 커지는 몸피에 맞춰 방 두 개를 얻을 형편은 안 되었던 엄마가 나름 계산을 해서 얻은 방이었을 것이다. 문제는 그 다락이 상하 2단으로 나뉜 구조라는 점이었다. 아랫단의 천장은 평평했지만, 윗단의 지붕은 급격하게 기울어진 사선이었다. 아랫단 천장에는 종이라도 발라져 있었는데 윗단 천장은 나무 서까래가 그대로 노출되어 있었다. 바닥에 가을날 곡식 낱알보다 많이 굴러다니는 쥐똥이 아니더라도 그곳이 이 집에 사는 쥐와 벌레들의 서식처라는 건 쉽게 알 수 있었다. 무엇보다 실망스러운 건 창문이었다. 내가 아는 한 모든 다락방의 기적은 늘 창문으로 드나들었는데, 바닥에 딱 붙어 있던 그 다락방의 창문은 문이라기보다는 구멍이었다. 어린아이 머리 하나가 겨우 빠져나갈 수 있는 정도의 구멍을 굵은 철사로 짠 방충망 같은 걸로 막아 놓은 것이었다. 그 밖은 심지어 이웃집 담벼락이었다. 창과 벽 사이에 틈이 아주 없지는 않았으되 길고양이들이 겨우 지나다니는 정도의 틈이었다. 기적은커녕 도둑도 드나들기 힘들어 보였다.

엄마는 서까래가 노출된 윗단을 창고처럼 이용했다. 쓰지 않는 잡동사니들을 가장 안쪽에 밀어 넣고 계절 지난 두꺼운 이불을 앞쪽에 쌓았다. 아랫단이 우리가 쓸 수 있는 방이었다. 우리 사남매가 모두 올라가 옹기종기 앉을 수는 있지만 눕기에는 애매했다. 한 사람은 충분히 누울 수 있는데 두 사람이 눕자면 다락을 오르내리는 계단 때문에 생긴 허공 위로 다리가 떴다. 아빠는 그 빈 공간의 크기를 자로 재서 필요할 때마다 위로 올렸다 내렸다 할 수 있는 문 같은 걸 만들었다. 다락에 올라갈 때는 문을 위로 열고, 잘 때는 그 문을 내리면 허공 하나 없는 방이 만들어졌다. 그렇지만 선뜻 다락에서 자겠다는 사람이 없었다. 누가 보아도 확연한 쥐들의 흔적 때문이었다. 사람이 살면 쥐는 안 산다고 엄마가 말했지만 아무도 믿지 않았다. 사실 그 말은 맞지도 않았다. 한참 나중에 벌어진 일이기는 했지만 우리는 다락에서 놀다가 길을 잃은 쥐들과 눈을 마주치기도 했던 것이다.

그래도 누군가 자기는 했다. 우리는 이미 컸고, 방은 여섯 식구를 다 감당하기에는 비좁았다. 누가 먼저였는지는 모르겠다. 아빠가 먼저 시범으로 그곳에서 잠을 잤던 것도 같고, 키가 쑥쑥 커서 식구들의 발끝에 모로 누워 자야 했던 내가 그러느니 다락으로 올라가도록 떠밀렸던 것도 같고, 혼자서는 무서우니 언니와 함께 자기도 했고, 나중에는 혼자서도 잤다. 사춘기에 접어든 큰언니가 식구들이 북적거리는 시간이면 공부를 한다는 핑계로 다락으로 사라지던 시기도 있었다. 늦게까지 켜는 TV 소리가 시끄럽다고 바가지를 긁는 엄마에게 시위하느라 아빠가 아예 TV를 다락으로 들고 올라가 버린 때도 있었다.

우리는 다락이 있던 그 방에서 가장 오래 살았다. 나중에 그 집이 철거되어 사라질 때까지, 그 집에 이사 오기 전에 살았던 무수히 많은 집들에서 살았던 시간을 합친 것보다 더 많은 시간을 살았다. 그리고 그 시간들의 대부분을 나는 다락에서 보냈다. 소공녀 새라의 다락처럼 식탁은 차려지지 않았지만, 그러나 그 다락에도 음식은 있었다. 바로 '피자'였다. 다락의 벽에는 벽지 대신 잡지가 발라져 있었다. 컬러로 인쇄된 두꺼운 종이들이었다. 아무렇게나 덕지덕지 붙어 있는 종이들 사이에 유독 한 장만 일부러 펼쳐 놓은 것처럼 읽기 좋게 붙어 있었는데, 바로 '피자 만드는 법'이라는 페이지였다. 우리가 그 집에 이사를 간 건 1981년의 일이다. 체인점 형태의 피자 가게인 '피자헛'과 '피자인'이 명동에 생겨 본격적인 대중화가 이루어진 것이 1985년의 일이다. 우리 식구 중 누구도 '피자'라는 음식에 대해 알지 못했다.

내가 세상에 태어나 제일 먼저 읽은 책은 계몽사 '세계소년소녀 문학전집'이었지만, 분명하게 기억하는 최초의 텍스트는 바로 그 피자 레시피다. 그 레시피를 볼 때마다 나는 궁금했다. '피자'라는 걸 집에서 만들어 먹는 사람들은 어떤 사람들일까. 이 종이를 벽에 붙인 사람은 이런 요리를 알고 있을까. 혹시 우리가 이사 오기 전에 이 방에는 몰락한 부자가 살았던 것은 아닐까. 페퍼로니와 피망, 블랙올리브 같은 낯선 식재료의 이름을 어색하게 발음해 보며 나는 머릿속으로 피자라는 음식을 만들어 보았다. 앞치마를 두르고 시작해야 할 것 같다, 그런데 오븐은 어떻게 생긴 물건일까. 부뚜막의 아궁이는 방을 덥히는 온돌과 연결되어 있어서 추운 겨울이 아니면 불을 때지 않았다. 우리는 석유곤로 하나를 부엌에 두고 밥을 지었다. 모르긴 몰라도 오븐이 있는 부엌은 우리집에 있는 부엌과 다른 곳일 터였다. 긴 조리대가 놓인 넓은 주방이 있고, 정갈하게 꾸민 식탁이 있을 것이다. 그런 집에는 또한 윤기 나는 마루가 있고, 여러 개의 방이 있고, 집 내부에서 올라가는 나무 계단이 있는, 그리고 이층집이겠지.

상상은 끝도 없이 이어졌다. 한옥이 아닌 양옥집. 영화에서 보는 외국의 어느 집. 누워서 공상을 하다 보면 쥐가 파먹은 낡은 서까래를 이고 있는 다락도 어쩐지 소공녀의 다락 같았다. 기적이 뭐 별건가. 꿈을 꾸면 기적이지.

주인집에는 내가 상상하던 다락 같은 다락이 있었다. 주인집은 큰 마루를 사이에 두고 마주 보던 두 개의 방 중 작은 방은 젊은 큰아들 내외가, 큰방은 주인 할머니가 썼다. 나보다 여섯 살 어린 주인집 손자는 할머니와 함께 잤다. 그 집에는 셋방마다 비슷한 또래의 아이들이 있었는데, 젊은 새댁은 시어머니인 주인할머니가 집에 없을 때면 그 방에서 온 집의 아이들이 함께 뛰어놀아도 무어라 하지 않았다. 그 큰방에 쥐도 벌레도 보이지 않는, 깔끔하게 단장된, 마당을 향해 반듯하게 열리는 창문이 있는 다락이 있었다. 그 다락을 오르내리며 놀아도 혼나지 않았다. 우리가 그렇게 놀고 있으면 셋방 여자들도 마당에 나와 함께 뭔가를 했다. 김치를 담그기도 하고, 술빵을 쪄 내기도 하고, 빨래를 하기도 했다. 새댁은 종종 커피 한 스푼, 프림 한 스푼에 설탕을 잔뜩 넣은 커피를 내놓았다. 엄마는 그중 나이가 제일 많은 사람이었는데, 다른 셋방의 어린 여자들을 상대로 이런저런 지청구를 늘어

놓기 일쑤였다.

　하루는 그 마당으로 양복을 입은 남자가 검은 가죽 가방을 들고 걸어 들어왔다. 책 장사였다. 가방 안에는 광고 팸플릿이 한가득이었다. 집에 있던 계몽사 동화책 50권은 이미 여러 번씩 다 읽었다. 그것 말고 집에 있는 책은 '세계 위인전집'과 '한국 위인전기'였다. 세계 위인전집은 외국 동화를 읽는 기분으로 읽었는데, 한국 위인전기는 지루했다. 그래도 달리 읽을 게 없어서 빠짐없이 다 읽었다. 나는 지금도 작가들이 어린 시절을 고백하면서 도서관이나 아버지 혹은 삼촌의 책이 가득한 서재에 대해 쓴 글을 읽을 때마다 허기와 같은 쓸쓸함을 느끼는데, 딱 그만큼의 책으로도 우리 집은 동네에서 가장 책이 많은 집으로 소문이 났다. 도서관이란 곳은 근처에 있지도 않았고 들어 본 적도 없었다. 나는 늘 책이 고팠다. 더 이상 읽을 것이 없다고 투덜대자 어느 날부터 아빠가 일을 마치고 돌아오면서 새 책을 한 권씩 가지고 왔다. 노란색 종이로 된 문고판이어서 노란 책이라고 불렀다. 계림문고에서 나온 시리즈였던 것 같다. 책 선물은 꽤 오랫동안 계속됐다. 아빠가 나를 위해 준비한 날마다의 선물이라고 생각했는데, 훗날 아빠가 돌아가셨을 때였나. 아빠의 오랜 지인이 자신을 책 아저씨라고 소개하며 그때의 일을 꺼냈다. "막내딸이 책을 얼마나 좋아하는지 모른다고 느이 아부지가 그렇게 자랑을 하잖니. 읽은 것도 읽고 또 읽는다고. 내가 다 기특해서 볼 때마다 책 한 권씩 사서 갖다 주라고 했다니까."

책을 좋아한다는 건 성공에의 예감 같은 걸 전파하는 법이다. 내가 책에 빠져 있는 건 아빠에게도 자랑이었지만 엄마에게도 자랑이었다. 나는 책을 통해 현실에서 도피했는데, 엄마와 아빠는 책을 좋아하는 나를 통해 미래로 도망가고 싶어 했다. 그런 면에서 그날 책 장사는 운이 좋았다. 마당에 둘러선 사람들에게 뭔가 자랑하고 싶었던 엄마는 고등학생은 되어야 읽을 수 있을 것 같은 두껍디두꺼운 '세계명작전집' 50권과 고등학생이 되어도 읽기 어려울 것 같은 '세계사상대전집'을 할부로 샀다. 아리스토텔레스의 『시학』과 니체의 『짜라투스트라는 이렇게 말했다』 같은 철학가들의 고전저술이 원서 번역된 30권의 전집이었다. 서비스로 2단 책꽂이를 받았던 것 같다. 책 장사는 조금만 커도 금세 다 읽을 책이라고, 바꿔 말하면 아직은 읽기 어려운 책이라고 에둘러 설명했지만 나는 당장이라도 읽을 수 있는 폼으로 거만하게 팸플릿을 뒤적였다. 책에 대한 허세는 나도 엄마 못지않았다.

그런데 나는 생각보다 빨리 세계명작전집의 세계로 넘어가게 되었다. 그 일은 아주 우연히 일어났다. 계몽사와 계림문고와 세계위인전기와 한국 전기전집의 세계를 떠나기 전, 한 권의 책이 있었다. 바로 이주홍의 『못나도 울 엄마』다. 사실 이 길고 긴 이야기는 바로 이 책을 읽었던 순간을 설명하기 위해서 쓴 것이다. 새가 알을 깨고 나오듯 그 책은 나를 깨어나게 했는데, 한마디로 『못나도 울 엄마』는 그때까지 내가 믿고 의심하지 않던 세계를 간단히 파괴했다.

『못나도 울 엄마』의 줄거리를 간략하게 소개하면 이렇다. 다리 밑에서 떡 파는 할머니에게 주워 온 아이라는 놀림을 받지만 그 놀림을 한 번도 믿지 않던 주인공에게 어느 날 '더럽게 때 묻은 옷은 갈래갈래 찢어지고, 머리털이 헝클어져 있는' 노파가 나타난다. 심지어 자신이 진짜 친엄마라고 주장한다. 미친 노인네로 치부하며 노파에게서 벗어나려고 애쓰던 주인공은 어느 순간 그 말이 진실은 아닐까 갈등하고 의심한다. 그러면서 자신도 모르게 조금씩 노파를 마음에 받아들인다. 급기야 노파가 쓰러져 죽을 것 같은 순간에 놀이자 엄마라고 부르며 제발 살아달라고 애원을 한다. 물론 이 모든 것은 꿈이었다. 그러나 나는 그것이 과연 꿈이었을까 의심스러웠다. 아마도 착하고 순수한 아이의 마음을 보여 주고 싶었을 그 동화는 내가 이제까지 본 적 없던 잔혹동화였다. 나는 '주워 온 아이'라는 놀림에 속상해하는 아이가 아니었다. 오히려 그 놀림이 기뻤다. 엄마와 아빠는 내가 그런 놀림에 무신경하니 점점 더 자극적으로 말을 꾸며냈다. 예를 들면 이런 식이었다. 외출했다 돌아온 아빠가 엄마에게 찡긋 신호를 보내고는 내가 뻔히 들을 수 있는 정도의 속닥거리는 목소리로 슬쩍 나를 건너보면서 이렇게 이야기를 주고받는 것이었다.

"시장 갔다가 쟈 에미를 봤네."

"오마나, 잘 있습디요? 애 달라고는 안 혀요?"

"하지, 왜 안 해. 인제 엄마 찾아 줘야 할라나."

그러면서 나를 한 번씩 흘끔 쳐다봤다. 내가 별 내색하지 않으면 "느이 아빠가 오늘 느이 엄마 만나고 왔다는데, 너는 친엄마 만나러 안 갈라냐?" 구체적으로 묻기도 했다. 나는 그때마다 대답은 않고 입만 삐죽였다. 내가 삐죽이는 걸 보고 엄마와 아빠는 당신들의 놀림이 통했다고 생각하며 즐거워했는데, 그 오해는 절반은 맞고, 절반은 틀렸다. 나는 그 놀림에 속은 정도가 아니라 그 놀림이 진실이기를 간절히 바랐다. 나는 내게 다른 부모가 있기를 바랐다. 그리고 그 부모는 지긋지긋한 가난 대신 넓은 집과 예쁜 옷을 주는 부모일 거라는 확신에 차 있었다. 내가 믿고 따르던 동화의 세계가 가르쳐 준 확신이었다. 그래서 언제고 부자 엄마나 부자 아빠가 찾아오면 크게 좋아하는 내색 없이 지금의 가난한 가족들과 적당히 아쉽고 슬픈 척 헤어지는 가증스러운 방법에 대해서도 진지하게 고민하고 있었다.

그런 내게 『못나도 울 엄마』는 현실은 더 잔혹할 수도 있다는 것, 내 바람과 정반대로 흘러갈 수도 있는 게 삶이라는 것, 그 삶을 끝끝내 살아야 하는 것이 사람들에게 주어진 인생이라는 것을 깨닫게 했다. 『소공녀』 속의 인자한 부자 아빠 대신 『못나도 울 엄마』 속의 괴팍한 할머니가 내 부모라고 나타난다면 나는 과연 작정한 대로 키워 준 부모와 이별할 수 있을까. 몇 번을 고쳐 생각해도 도저히 그렇게는 못할 것 같았다.

어린 시절 내게 있어 책은 꿈이고 판타지였다. 책을 많이 읽으면 성공한다거나 책을 읽고 훌륭한 사람이 된다거나 하는 믿음을 가졌던 적은 없다. 그런 건 내가 모르는 세계였다. 오히려 나는 책에 있는 텍스트와 현실을 자주 혼동했다.

나는 『이솝우화』에 나오는 어떤 동물들처럼 현명할 것이고, 『십오 소년 표류기』의 소년들처럼 고난에 빠져도 맞서 싸울 것이며, 『작은 아씨들』의 베스처럼 끝내 죽음이 찾아오더라도 의연하고 아름다울 것이다. 책에 있는 권선징악의 세계, 주인공은 끝내 승리하는 이야기들이 좋았다. 미래는 마땅히 그런 모습으로 찾아올 거라고 믿었고, 그 믿음 속에서 나는 늘 안전했다. 그런데 미래가 결코 그런 모습으로 오지 않는다면? 책이 처음으로 내게 질문을 던진 것이다.

그 시절 내가 창작했던 이야기가 떠오른다. 『파란 동굴』이라는 제목이었다. 내용은 간단하다. 어느 마을에 외로운 여자아이가 있다. 여자아이가 마을 뒷산에서 아무도 모르는 작은 동굴을 발견한다. 아이는 그 동굴을 자신만의 비밀 공간으로 여겼다. 외롭고 슬프고 고단할 때, 동굴에 앉아 친구에게 이야기를 건네듯 종알종알 이야기를 한다. 그러던 어느 날 동굴이 자신의 이야기를 귀 기울여 듣고 있다는 느낌을 받는다. 바람처럼 메아리처럼 응답이 들리는 것도 같다. 어느 날 아이는 동굴에 앉아 조심스레 자신의 소원을 털어놓는다. 거짓말처럼 소원이 이루어진다. 소원을 이루어 주는 동굴이었던 것이다. 그리하여 아이는 어떻게 되었을까. 물론 당연히 행복하게 잘 살았을 것이다. 내가 아는 모든 책 속의 이야기가 그러하듯이.

그러나 『못나도 울 엄마』를 읽은 이후, 나는 그런 결론을 적을 수 없었다. 나는 이야기를 고쳤다. 동굴은 아이의 이야기를 들어 주는 것 같았지만 그것은 그저 평범한 메아리였을 뿐이었다. 소원을 들어주는 일은 없었다. 한 번의 우연을 착각했던 것이다. 그러나 아이는 자신의 착각을 내버려 둔다. 소원을 들어주는 동굴은 없는 것보다는 있는 것이 나으니까. 이야기를 들어 준다는 느낌, 그거 하나만으로 충분하니까. 그리하여 어느 날, 스스로 어른이 되었다고 생각했을 때 아이는 동굴과 인사를 고하고 다시는 동굴에 돌아오지 않는다. 인생은 비극이고, 비극이 곧 성장이라는 사실을 나는 아마도 조금 깨달았던 것 같다. 나는 지금도 『못나도 울 엄마』를 읽은 그날, 독자로서의 내 삶이 작가로서의 삶으로 건너갔다고 믿는다.

훗날 문학 수업을 받으면서 '리얼리즘'에 대해 배울 때, 나는 아주 쉽게 이주홍의 『못나도 울 엄마』를 떠올렸다. '리얼리즘'이라는 말은 몰랐지만 『못나도 울 엄마』는 내게 리얼리즘을 가르쳐 준 최초의 책이었다. 그리고 그 책이 가르쳐 준

의문은 지금도 여전히 풀기 어려운 숙제로 남아 있다. 못나고 더럽고 가난하고 지저분한 얼굴로 나타나는 인생의 수많은 진짜 엄마를 나는 어떤 방식으로 껴안아야 할까. 몇 번은 품었고, 몇 번은 모른 척 도망쳤던 것 같다. 작가로서도 고민은 남는다. 무엇을 쓸 것인가. 빛과 어둠, 무엇을 증명해야 할까. 어찌할 도리가 없는 삶들에 대해 쓸 때 어떻게 말해야 할까. 희망을 노래해야 하나. 희망을 조롱해야 하나. 인생은 비극이고, 인간은 그 비극을 통해 성장한다는 서사는 궁극의 비극일까, 아니면 희망일까. 나는 지금도 그 답을 잘 알지 못하겠다.

『못나도 울 엄마』는 내가 읽었던 마지막 동화이기도 했다. 그 책을 마지막으로 나는 엄마가 호기롭게 지른 '세계문학대전집'의 세계로 건너갔다. 내가 가장 먼저 읽은 책은 펄 벅의 『대지』였다. 가난한 농부 왕룽의 이야기였다. 그러나 내게는 모란이라는 여자의 신산스러운 삶에 대한 이야기였다. 지주의 종이었다가 남편의 종이 된 여자, 나중에는 자식의 종으로 죽어간 여자. 모란이 죽을 때, 나는 진심으로 슬퍼하며 울었다. 모란이라는 여자의 신산스러운 삶이 가슴 아팠다. 모르고 고른 책이었으니 우연이었을 것이다. 그러나 한편으로

는 우연이 아닐지도 몰랐다. 더 이상 권선징악을 말하지 않
는 세계로 나는 그렇게 건너왔다. 그리고 비로소 처음처럼
책을 읽기 시작했다.

최대한 오래, 깊게

홍 희 정

홍희정

/

매일 오전 책상 앞에 앉아 아름답기도 하고 추하기도 하며 절실한 동시에 무심한 모든 것들을 차곡차곡 쌓아 가는 일을 반복한다. 『좀머 씨 이야기』속 인물들처럼, 예민함과 막막함을 품은 운명을 타고난 사람들에 대해 태생적으로 관심이 많다. 그들을 오래도록 바라보고 문지르고 흔들고 난 뒤 생겨나는 간질간질한 비루함에 대해 가능한 오래, 최대한 자세히 쓰고 싶다.

최대한 오래, 깊게

"타인을 완전히 이해하는 것은 불가능하지만
최대한 오래, 깊게 이해하려는 노력을 품은 소설.
그런 소설을 쓸 수만 있다면."

나는 아직도 많은 목격을 기억하고 있다. 최초의 목격은 어머니에 대한 것이었다. 흔하고 반복되는 이야기일지도 모르겠다. 내 어머니는 고된 삶을 사는 사람이었다. 아침 일찍부터 밤늦게까지 해야 할 일이 많았다. 나는 어머니를 좋아해서 마주보며 이야기 나누거나 품에 안기고 싶어 했지만 자주 그럴 수 없었다. 나는 어머니의 뒷모습에 무척 익숙했다.

그날은 평소보다 저녁 식사가 늦어진 날이었다. 갑작스레 추워진 날씨 탓에 두꺼운 이불 밑에 발을 넣고 어린 나와 동생은 서로 발바닥을 간질이며 어머니가 밥상을 들고 오길 기다렸다. 차가운 공기와 뜨거운 아랫목의 간극이 주는 묘한 안도감에 기분이 꽤 좋았다. 나와 동생은 낮에도 그랬지만 밤에도 무모한 천진함으로 걱정 없이 떠들고, 지칠 때까지 팔다리를 움직였다. 매일이 다채로웠고 동시에 지겨웠다. 부엌에서 달그락거리는 소리가 이상하리만큼 길게 계속되자 우리는 아예 이불 속으로 기어 들어가 한참을 놀았다.

장난도 지루해진 우리가 막 텔레비전을 켰을 때, 어머니가 밥상을 들고 방으로 들어왔다. 아버지와 어머니, 나와 남동생은 동그랗게 둘러앉아 밥을 먹기 시작했다. 텔레비전에서는 「유머 1번지」라는 코미디 프로그램이 방영 중이었다. 배가 고파 서둘러 숟가락질을 하던 나는 코미디언들의 몸짓과 표정을 보고 웃음이 터졌다. 그 바람에 입속에 든 밥알들이 사방으로 튀어 버렸다. 순간 머쓱해진 나는 입 주변을 손바닥으로 훔치고 혹시 누군가의 얼굴로 밥풀이 튄 건 아닐까 가족들의 얼굴을 살폈다. 아버지는 젓가락을 허공에 든 채 얼굴이 벌개져서 어깨를 들썩이며 웃고 있었다. 남동생 역시 두 팔을 엉덩이 뒤로 받치고 천장을 올려다보며 맹구 못지않은 과장된 표정으로 낄낄대는 중이었다.

그런데 어머니는 아니었다. 어머니는 두 손끝을 상 모서리에 살짝 올리고 허리를 꼿꼿이 편 채 무표정한 얼굴로 텔레비전을 응시하고 있었다. 저렇게 웃기는 장면을 보고도 어떻게 안 웃을 수가 있지? 왜 하나도 안 웃기면서 텔레비전은 계속 뚫어져라 쳐다보고 있는 거지? 어리둥절해진 나는 입안에 든 밥이 침에 녹아 목구멍으로 저절로 넘어가 버릴 때까지 어머니의 얼굴에서 눈을 떼지 못했다. 납작하다는 표현말고는 달리 설명할 길이 없는 표정이었다. 문득 미술학원에 걸려 있던 낯선 기법의 그림이 떠오른 나는 원근법이 뭉그러진 듯 눈앞이 어질어질해졌다. 캔버스 위에 붓도 아닌 나이프로 물감을 균질하게 펴 바른 인물화처럼 어머니의 피부와 머리카락, 입고 있던 붉은 갈색의 티셔츠가 평면 그 자체로 느껴져 기이한 괴리감마저 들었다. 분명 삼차원의 세상이었는데 내 기억 속 어머니의 얼굴은 전혀 입체감이 느껴지지 않는 납작함으로 남아 있다.

많이 좋아하는 마음 때문이었을까. 그날 이후 나는 어머니의 표정을 모방하기 시작했다. 하굣길에 비가 오면 망설임

없이 빗속으로 뛰어들어 일부러 물웅덩이만 골라 첨벙거리며 집으로 향하는 초등학생이었던 나는 그날 이후 빗속의 전력 질주 대신 학교 건물 현관에 서서 어머니를 기다리기 시작했다. 아직 채 단단해지지 않은 무릎으로 실내화 주머니를 툭툭 쳐올리며 다른 아이들이 어머니가 들고 오는 우산을 받아 쓰고 집으로 돌아가는 광경을 마냥 바라보았다. 일이 바쁜 내 어머니는 당연히 학교에 오지 못할 것을 알면서도 말이다. 나는 소실점을 향해 점점 멀어져 가는 친구와 친구 어머니의 뒷모습을 바라보며 어머니가 밥상 앞에서 지었던 표정을 흉내 내려 한참동안 애썼다.

자라는 동안, 그렇게 모르는 채로 목격하고 흉내 낸 것들이 많았다. 초등학교 6학년 수학여행 때 한밤중 우연히 보게 된, 공중전화부스 안에서 쭈그려 앉아 홀로 울고 있던 담임 선생님의 모습과 잡풀이 우거진 동네 뒷산을 함께 오르며 나를 앞장서 가던 중학교 단짝 친구가 배드민턴 채를 마구 휘두르다 실수로 새끼 고양이를 죽이고 한참을 꼼짝 않던 모습, 늦은 밤 입시학원에서 수업을 마치고 집으로 가던 버스 안, 김희선을 닮은 미모로 유명세를 떨치던 삼수생 언니가 이미 반 이상 없어진 손톱을 이로 물어뜯다 더 이상 물어뜯을 것이 없으니 손거스러미를 쭉 뜯어내 피를 흘리던 모습. 그게 무엇인지도 모르고 나는 많은 것을 목격했다. 그리고 학창시절 내내 아무에게도 그것을 말하지 않고 조용히 노트 위에 수집하고 되새겼다. 질리지도 않고 나는 그걸 진심으로 즐겼다.

목격은 점점 사소하고 평범한 것들에까지 가닿았다. 지하철 맞은편 좌석에 앉은 여자가 신은 짝이 맞지 않는 양말(이상하게도 그 여자에게 너무나 말을 걸고 싶었다), 아마도 반복된 노동의 결과인 듯 오른쪽 검지의 가운데 마디만 불뚝하게 솟은 남자의 손(그 무렵 나는 노동으로 인해 변형되는 몸에 대해 관심이 많았다), 취한 사람이 더 취한 사람을 버겁게 부축하고 위로하며 마구잡이로 휘청거리는 안전 불감의 발걸음(체질적으로 술을 거의 마시지 못하는 내가 실감과 감동을 느끼기에는 난이도가 무척 높은 장면이었다), 마치 의상으로 자신의 메시지를 전달하려는 듯 실용을 넘어서는 수많은 옷차림들(사실 그건 내 욕망과 닿아 있기도 했다. 어머니는 언제나 내게 오래 입을 수 있는, 단정한 디자인의 옷을 사 주었다). 매일 목격한 것들을 노트에 적기 위해 나는 무엇이든 잘 보려고 했다. 주의 깊게 관찰하고 자주 모방하려 애썼다.

즐겁게 많이 하면 따라오는 결과였을까. 신체적인 성장과 함께 찾아오는 수순이었을까. 아니면, 사춘기 시절에 겪은 목격들이 쌓여 만들어 낸 정서의 근간이었을까. 우스꽝스럽고 목적 없는 관찰과 쓰기가 죽어라 계속되자 언제부턴가 나는 제법 비밀스러운 분위기를 풍기기 시작했다. 대학에 입학할 즈음에는 가만히 있어도 사연이 있는 사람처럼 보이는 데 어느 정도 성공한 것 같기도 했다.

나는 목격한 것들을 쉬지 않고 노트 위에 적어 내려갔다. 기억력이 꽤나 좋았던 시절이라 목격한 것들을 최대한 자세하고 꼼꼼하게 작성했다. 그것들이 쌓이자 자연스럽게 이야기로 만들고 싶은 욕구가 생겼다. 인물의 욕망(결핍)을 중심으로 특정한 배경과 사건을 더했다. 정교한 문장으로 이어지는 인상적인 대화와 등장인물 모두가 침묵하는 순간에 대해 고민했다. 그게 소설 쓰기의 시작이었는지도 모른다는 걸 대학 도서관 독일문학 서가에 꽂혀 있던 『좀머 씨 이야기』를 읽으며 나는 처음 깨달았다.

그는 쉽게 식별이 되는 사람이었다. 거리가 아무리 멀어도 다른 사람과 전혀 혼동이 되지 않았다. 겨울이면 그는 검은색에

폭이 지나치게 넓고 길며 이상하게 뻣뻣해서 걸음을 옮길 때마다 너무 큰 무슨 껍질처럼 그의 몸을 감싸던 외투를 입고 지냈다. 그리고 신발은 고무 장화를 신었고, 대머리 위로는 빨간색 털모자를 쓰고 다녔다. 여름에는 —— 좀머 아저씨의 여름은 3월 초부터 10월 말까지여서 1년 가운데 가장 긴 기간이었는데 —— 까만색 천으로 띠를 두른 납작한 밀짚모자를 쓰고 다녔고, 캐러멜색 린네르 셔츠와 캐러멜색 반바지를 입고 다녔다. 그럴 때면 바지 밑으로 힘줄과 울퉁불퉁한 혈관만이 드러나 보이는 억세고 긴 다리가, 우악스러운 등산화 속으로 가려진 부위를 제외하고는, 우스꽝스럽도록 가는 모습을 드러내 보이곤 하였다. 3월에 다리는 눈이 부시도록 흰빛이었고, 울퉁불퉁한 혈관들은 사잇길이 많은 푸른색 강줄기의 모습처럼 그 모습을 적나라하게 드러냈다. 하지만 불과 몇주일만 지나면 다리는 꿀과 같은 색으로 변하여 빛을 발하였다. 그리고 가을에는 피부가 햇빛과 바람과 일기 변화로 인해 짙은 밤색으로 변해서 혈관이나 힘줄이나 근육질이 전혀 구별되지 않았고, 다리는 마치 껍질이 벗겨진 호두나무의 울퉁불퉁한 나뭇가지처럼 보였다. 그러다가 그것들은 11월이 되면 긴 바지와 긴 검은색 외투로 가려져서 사람들의 시선을 멀리한 채 이듬해 봄까지 원래의 색깔인 치즈빛 흰색으로 탈색되어 가곤 했다.

　나는 이 문단을 통해 세부 묘사란 걸 배웠다. 맹목적으로 사람들의 모습을 관찰하고 되새기기를 반복했지만 그것을 구체적으로 옮기는 건 매번 막막하고 모호하게 느꼈던 나는 이 문단을 몇 번이고 필사했다. 캐러멜색 린네르 셔츠, 우악스러운, 사잇길, 꿀과 같은 색, 혈관이나 힘줄이나 근육질, 벗겨진 호두나무, 이듬해, 치즈빛 같은 단어들을 노트 위에 새기듯 힘주어 적었다. 그러면서 손에 잡힐 듯 살아 있는 인물로 묘사하는 법을 어렴풋이 알아 가게 되었다. 사건과 드라마가 아닌, 인물이 내 소설의 일차적 요소가 된 것도 아마 『좀머 씨 이야기』 덕분인지도 모르겠다.

　나는 언제나 한 사람에 대해 생각 중이었다. 한 사람을 생각하면 그 혹은 그녀에 관한 어쩔 수 없는 것들이 연이어 떠올랐다. 도무지 어쩔 도리가 없는 것들. 그런 것들에 한결같이 마음이 쓰였다. 비 오는 날이면 집 근처 공원으로 가 한낮인데도 켜져 있는 가로등을 따라 걸으며 들숨과 날숨에 맞춰 숫자를 셀 때도, 긍정적이고 외향적인 사람들과 함께 둘러앉은 자리에서 고개를 숙이고 허벅지에 위에 조그만 삼각형을

연신 그릴 때도, 힘과 열정을 조절하지 못해 망해 버린, 문서 파일함 속 노골적인 초고들을 차례로 열어 보며 한없이 마음이 누추해질 때도 나는 항상 누군가를 생각하고 있었다. 진부한 사건도 신선하게 성찰할 수 있고, 상투적인 배경도 새삼 유쾌하게 발견될 수 있게 만들어 주는 한 사람을 말이다.

나는 특히 누군가의 유년 시절을 상상하는 게 좋았다. 유년 시절에 대한 기억은 자연스럽게 서사의 유희로 이어지기 때문이다. 습관적이고 강제적인 모든 사유와 행동을 벗어나 자유로운 감각으로 세계를 경험하고 바라보는 시절에 대한 이야기는 인물을 묘사하기에 꼭 필요한 지점이라고 생각했다. 인물의 유년을 상상하는 것만으로도 나는 의도하지 않은, 마냥 끌리는 대로의 서사를 펼칠 수 있었다. 애틋하고 서글프고 따뜻하고 무섭고 고독하고 아련한 장면들이 저절로 그려졌다.

『좀머 씨 이야기』에는 그런 시절들이 가득했다. 유년 시절의 수줍음과 미세함, 다채로움이 그대로 투영된 문장들은 뻔한 교훈이나 의미를 부여하지 않고, 있는 그대로 담담하게 아름다웠다. 이어폰을 귀에 꽂고 여름 바다로 뛰어드는 중학생의 등처럼, 지친 듯 교복 재킷을 어깨에 걸치고 걸어가다

헤어질 때 몇 번이고 서로를 돌아보며 장난스럽게 인사하는 고3 학생들의 하굣길처럼 언제까지나 머물고 싶은 장면들로 가득했다. 그중에서도 내가 가장 좋아하는 부분은 어린 주인공이 자전거를 배우며 겪게 되는 장면들이었는데 말 그대로 '배움의 고초'에 관한 글이었다. 온갖 노력을 하면서도 한계를 피해 갈 수 없는 불가능의 공포에 대한 이야기 말이다.

나는 사실 자전거 타기를 특별히 좋아하지는 않았다. 가는 두 개의 바퀴 위에서 계속 움직인다는 것이 ─32킬로그램이나 되는 사람이 그 위에 앉아서 아무런 받침대나 의지할 것도 없이 달릴 때는 넘어지지 않으면서도, 받침대로 받치지 않거나 어디에 기대거나 누군가 잡아 주지 않으면 왜 넘어져 버리는지 그 이유를 아무도 내게 설명해 주지 않았기 때문에 ─내 생각으로는 너무 아슬아슬하고 위험한 일이었다. 그런 환상적인 현상에 가장 기초적인 자연의 법칙, 즉 원심력과 소위 〈기계적 회전 충격 보존력〉이 작동한다는 것을 그 당시만 해도 나는 전혀 알지 못하고 있었다.

나는 이 문단을 읽으면서 독자들이 갖게 되는 흔하고 놀라운 물음을 품게 되었다. '이 작가, 내가 얘기한 적도 없는데 어떻게 알고 내 이야기를 썼지?' 나는 작가가 내 유년의 문장들을 고스란히 써 놓은 것이 너무나 놀라웠다. 자전거를 처음 배우던 시절의 나는 정말이지 꼭 저 문단과 같은 마음이었던 것이다. 아직 덜 양식화되었던 어린 나는 거의 모든 배움 앞에서 어리둥절한 마음이 되곤 했다. 수영이 그랬고(심지어 개헤엄이라 불리는 수영조차 나에게는 이해 불가의 현상이었다. 물속에서 무언가를 열심히 해보려 하면 할수록 나는 점점 더 깊이 가라앉았다) 삼각함수가 그랬으며(사실 고등수학의 거의 모든 단원이 나에게는 까다롭고 난감한 고행이었다) 플레밍의 왼손법칙과 오른손법칙의 구분이 그랬다(고등학교 물리 기말고사 시간에 엄지와 검지, 중지를 구부려 전류와 힘과 자기장과 기전력이라는, 들어 본 적은 있지만 본 적은 없는 유니콘 같은 이미지를 적용해서 문제를 풀어 보려 끙끙대다 끝내 손에 쥐가 나 버릴 때면 나는 그 집요하고 가련한 노력을 때려치우고 아무 숫자나 찍어 버리곤 했다). 유년시절 내내 그런 수많은 미지의 배움 앞에서 끝나지 않을 고민을 반복한 나는 결국 '모르겠을 땐 그냥 외우자'라는 결론에 도달하게 되었다.

배움뿐만이 아니었다. 내 유년 시절의 모든 예민함과 막막함을 모두 기억한다. 바람이 몹시 거세던 날 밤, 단지 바람 때문이라고 여기기엔 너무나 규칙적인데다 마치 특정한 메시지를 담고 있는 듯한 리듬으로 덜컹거리던 내 방 창문의 기괴함(한번은 억지로 감고 있던 눈을 살며시 뜨고 창가 쪽을 슬쩍 살폈는데 머리를 쪽진 할머니의 검은 실루엣이 또렷이 보여 심장이 아랫배까지 수직 낙하한 적이 있었다), 맞벌이 부모님을 둔 친구 집에서 친구의 오빠가 빌려 왔다는 영화 「오멘」과 「죽은 시인의 사회」 비디오테이프를 연달아 보고 집으로 가는 길에 마주했던 붉고 검고 노랗던, 쏟아질 듯 무섭게 슬픈 하늘(그로부터 5년 뒤, 고2가 된 나는 그날 내가 느낀 감정을 놀라울 정도로 고스란히 상기시키는 그림을 보게 되었는데 그건 바로 에드바르트 뭉크라는 노르웨이의 화가가 그린 「절규」라는 작품이었다. 너무나 일차원적인 결심이어서 아무에게도 말한 적은 없지만 당시 나는 그 작품 때문에 미대에 가기로 마음먹었었다), 종종 수업시간보다 일찍 도착한 내가, 텅 빈 교실에 앉아 노트에 뭔가를 적고 있으면 소리도 없이 다가와 너는 시간을 읽는 법을 알기 때문에 반드시 행복한 삶을 살 거라고 말했던 보습학원 선생님의 영문 모를 전언(때때로 선생님은 맞은 편 책상에 걸터앉아 나에게 눈을 감으라고 했다. 그러고는 자

신의 손목시계로 초를 잴 테니 나에게 마음의 초침만으로 몇 초
가 지났는지 맞춰 보라고 했다. 나는 눈을 꼭 감고 교실 칠판 위
에 걸린 커다란 벽시계에서 들리는 초침 소리 ——**선생님의 귀에
는 정말 그 크고 정확한 소리가 안 들렸던 걸까**——를 따라 성실하
고 주의 깊게 초를 센 뒤, 사실 벽시계의 초침 소리가 크게 들린
다고 고백하고 싶은 마음과 매번 답을 맞추는 나를 보며 만족해
하는 선생님의 표정을 보고 싶은 마음 사이에서 갈팡질팡하다 결
국 발작적으로 정확한 답을 내뱉곤 했다. 선생님은 그때마다 내
머리를 쓰다듬으며 "나는 산다"라고 중얼거렸다. 어떤 균형이 무
너진 듯, 부드럽지만 침중한 음성으로 중얼거리던 그 말에 나는
민망함과 신비스러움을 동시에 느꼈던 것 같다).

　『좀머 씨 이야기』에는 내 어린 시절의 동반자 같은 단어들
이 풍성하게 등장한다. 혼란스러움, 후유증, 안식처, 혼잣말,
고립, 그림형제 동화집, 떨림, 웃음소리, 하루 종일, 약속, 행
운아, 거만함, 모범생, 미신, 악마, 포옹, 아무도, 서운함 같은
단어들. 나 또한 그런 단어들을 기저선 삼아 내가 목격한 것
들을 쌓아 올려 나름 복잡한 서사의 집을 마음속에 지어 갔
다. 일기와 소설이 뒤섞인 마구잡이의 형식으로 말이다. 심
미성의 욕구 같은 건 아직 없던 시절이었다. 그저 이야기면

되었다. 그냥 이야기가 아니라 아주, 아주 많은 사람들이 등장하는 이야기.

『좀머 씨 이야기』에도 개성 넘치는 다양한 인물들이 등장하는데 내게 가장 깊은 인상을 준 인물을 고르라면 단연, 미스 마리아 루이제 풍켈을 꼽을 수 있다. 주인공에게 피아노를 가르치는 그녀는 머리는 백발이고 허리는 구부정하게 굽었으며 피부는 쭈글쭈글하고 코밑에는 까만색 솜털이 난 노인이지만 결혼을 하지 않아 스스로 〈미스〉라는 호칭을 유독 강조하는 사람이다. 노모와 단둘이 살고 있는 그녀는 오랜 세월 동안 동네 사람들에게 피아노를 가르쳐 왔다. 매우 엄격하고, 신경질적이며, 때때로 심한 욕설과 함께 소리를 꽥꽥 질러대는 풍켈 선생님을 만족시키기란 주인공에겐 여간 어려운 게 아니다. 더군다나 주인공은 집에서 거리가 먼 풍켈 선생의 대저택까지 하필 극복되지 않은 자전거를 타고 가야만 한다.

주인공은 풍켈 선생의 집까지 가는 동안 수많은 역경을 겪는다. 어설프게 자전거를 타는 자신의 모습이 우스꽝스러워 보일까 걱정스러운 나머지 주변에서 들리는 작은 소리에도 즉시 브레이크를 잡고 안장에서 내려와 자전거를 끌고 걸어

가거나, 다른 사람이 자전거를 타고 오는 모습만 봐도 급하게 멈춘 채 상대가 지나갈 때까지 서서 기다린다. 더군다나 중간 지점쯤에 위치한, 바퀴가 달린 것만 보면 마구 달려들어 짖어대는, 하르트라움 박사가 키우는 작은 개의 공격에도 대비해야 한다.

그러던 어느 날, 주인공은 개 때문에 울타리 곁에서 꼼짝 못해 한참 동안 시간을 지체하고, 자동차와 행인들까지 마주치는 바람에 가다 서다를 반복하게 되어 결국 지각을 하는 불운을 겪게 되고 만다. 수업에 늦은 사정을 전혀 헤아려 주지 않는 풍켈 선생의 분노에 찬 표정과 포악스러운 반응 때문에 두려움으로 말문이 막혀 버리고 연이어 머리와 손가락까지 굳어 버려 더욱더 곤경에 빠지는 주인공의 비참한 반응에 대한 묘사는 정말이지 눈물겨울 정도로 디테일하다. 특히 어린 주인공이 세상을 비관하며 억울하고 참담한 심정으로 자신의 장례식을 상상하는 부분은 이 소설에서 가장 사랑스러운 장면이라고 할 수 있다.

아무리 사나운 상황에도 매일 밖으로 나가 끝없는 전진을 해야만 하는 좀머 씨에 대한 묘사도 인상적이었지만 돌처럼 굳어 버려 뼈만 앙상한 노모를 홀로 모시며 하루 종일 피아노와 아이들을 대상으로 자신을 표출해야만 하는 풍켈 선생에 대한 묘사 또한 탄식을 자아냈다. 풍켈 선생에 대한 이야기가 끝나 버린 뒤에도 나는 그녀가 어떤 삶을 살아갔을지 자꾸만 궁금해졌다. 결국 자신의 노모처럼 움직이지도 않고 말도 안하며 한자리에 굳은 듯 앉아서 단지 시간이 흐르기만을 기다렸을까, 아니면 고집스럽게 지켜 왔던 〈미스〉라는 호칭을 튼튼한 지팡이 삼아 피아노와 아이들이 없는 행복한 곳으로 떠났을까.

우리는 각자의 방식으로 타인을 품는다. 쉴 틈 없이 상대를 얇게 저미고 조각내어 분석하는 예민함으로, 매일 새벽별을 보는 고랭지 농부처럼 근면하게 상대를 대하는 한결같음으로, 과잉과 결핍 사이에서 상대를 탐구하며 행과 불행 사이를 끝없이 왕복하는 전력 질주로, 사과를 한입 베어 무는 것처럼 상대에게 손쉽게 모욕을 주는 무신경함으로.

『좀머 씨 이야기』의 작가인 파트리크 쥐스킨트가 타인을 품는 방법은 다름 아닌 곡진한 관찰이다. 작가는 어린 주인공에게 어떠한 판단과 편견도 없이 적당한 거리를 두고, 그러나 주의 깊은 시선으로 좀머 씨를 관찰하도록 한다. 2차 세계대전의 트라우마를 겪고 있는 듯한 좀머 씨의 사연을 전면

에 내세우지 않고, 주인공의 순수한 눈을 통해 독자로 하여
금 좀머 씨의 걸음을 가만히 따라가게 한다. 거기엔 악함도
선함도 없고, 어떤 이해관계도 편견도 없다. 오직 어린 시절
에만 느낄 수 있는 바람과 온도와 시간의 문장만이 있을 뿐
이다. 얼핏 보기에 채도 높은 수채화처럼 반짝거리는 장면들
로 가득 차 있는 이 소설은 페이지가 더해 갈수록 독자에게
다양한 감상을 제공한다. 거의 모든 좋은 소설들이 그렇듯
이, 좀머 씨를 비롯한 여러 등장인물들을 통해 나의 존재와
삶을 보다 넓고 깊게 바라보게 한다.

각자의 걱정거리에 바쁜 사람들은 좀머 씨의 부인이 죽
은 뒤에도 좀머 씨가 어디에서 밤을 보내는지, 어디에서 잠
을 자는지, 잠을 잔 시간보다 더 많은 시간 동안 어디를 헤매
며 돌아다니는지 알지 못한다. 대신 자가용, 세탁기, 잔디밭
의 스프링클러, 라디오에서 들은 것, 텔레비전에서 본 것들
에 대해 정보를 나누기 바쁘다.

속도와 지구력은 물론이고 기교 면에서도 능숙하게 자전
거를 탈 수 있게 되었고, 3차 방정식도 거뜬히 풀 수 있을 만
큼 훌쩍 성장한(더 이상 나무에 오르지 않으며 풍켈 선생님의
난리 법석에도 동요하지 않고 냉정한 태도를 유지하게 된) 주인

공은 어느 날 늦은 저녁 자전거를 타고 귀가하다 우연히 호수 가장자리에 서 있는 좀머 씨를 목격하게 된다.

장화가 물에 잠긴 채 말뚝처럼 서 있던 좀머 씨는 물속에서 잃어버린 뭔가를 찾는 사람처럼 한 발씩, 한 발씩 호수 안으로 반듯하게 걸음을 내딛기 시작한다. 그러다 점점 열정적으로 걸음을 옮기는 듯하더니 마침내는 지팡이마저 집어던져 버리고 양팔로 노를 저어 가며 호수 한가운데를 향해 황급히 나아간다.

무슨 일이 벌어지고 있는 건지 제대로 파악이 되지 않아 눈을 크게 뜨고 입을 벌린 채 좀머 씨를 뚫어져라 쳐다보던 주인공은 어느새 좀머 씨의 어깨까지 닿은 물이 좀머 씨의 목을 거쳐 턱 위까지 계속 차오르는 걸 보고서야 위기 상황이란 걸 깨닫게 되지만 움직이지도 소리를 지르지도 않는다. 그저 눈을 떼지 못한 채 가라앉고 있는 좀머 씨를 오랫동안 쳐다볼 뿐이다.

처음 이 책을 읽었던 날, 나는 주인공과 함께 좀머 씨의 자발적 익사를 목격하고 있는 듯한 실감에 몸을 떨었다. 두껍지 않은 한 권의 책을 읽는 동안 좀머 씨에 대해 잘 알게 되었고 심지어는 어느 정도 친밀한 사이가 되었다고 생각하고 있었는지도 모르겠다. 불가해하고 암호화된 좀머 씨의 마지막 모습이 당황스러워 나는 나름의 의미를 찾으려 애썼다. 좀머 씨는 이제 정말 안전해진 걸까, 영원한 평온을 주는 자기만의 동굴로 들어간 걸까, 모든 번잡스러움과 참혹함을 벗어나 개운한 마음으로 휴식했을까. 그러다 불현듯 소설 전체를 통틀어 유일하게 등장한 좀머 씨의 자기표현, "그러니 나를 좀 제발 그냥 놔두시오!"라는 외침이 잠언처럼, 경구처럼 떠올랐다.

그날 이후 아주 오랜 시간이 지났지만 나는 아직도 가끔씩 좀머 씨의 그 외침을 상기한다. 그리고 좀머 씨가 죽고 나서야 호명된, 〈막시밀리안 에른스트 에기디우스 좀머〉라는 좀머 씨의 온전한 이름을 한입의 마들렌처럼 음미하며 잃어버린 시간을 찾기 위해 『좀머 씨 이야기』를 다시 펼친다.

아주 오래 전, 친구들과 이런 고민을 한 적이 있다. 우리는 죽을 때까지 몇 권의 책을 쓰면 만족하며 눈을 감을 수 있을까. 소설을 쓰기 시작한 지 얼마 되지 않은 습작생 시절이었다. 세상에서 가장 행복한 일은 소설을 쓰는 일이고, 세상에서 최고 멋진 사람은 소설가라고 생각했던, 순도 99.99퍼센트의 시절 말이다. 우리는 그때 소설 이야기를 하며 종종 밤을 새우곤 했다. 여러 가지 필연적인 상황과 사연들, 거기에 따른 경우의 수를 따져가며 각자 몇 권의 책을 써야 하는지 우리 나름대로 진지하게 의견을 나눴다. 애당초 자신의 범주 밖의 일이라는 걸 모를 정도로 천진한 건 아니었지만 그래도 그런 이야기를 나누는 건 이상하게 가슴 뛰는 일이었다.

나는 언제나 한 사람에 대해 생각 중이었다. 한 사람을 생각하면 그 혹은 그녀에 관한 어쩔 수 없는 것들이 연이어 떠올랐다. 도무지 어쩔 도리가 없는 것들. 그런 것들에 한결같이 마음이 쓰였다. 의미 심장한 서사나 비판적 안목, 혁신적인 기법도 중요했지만 이름 없는, 이미 지나간, 압축되어 버린, 그리고 사실은 나와 닮은 그들에 대해 쓰고 싶었다. 하지만 쓰고 싶어 하는 내내 남의 삶을 완전히 아는 것은 불가능하다는 생각에 망연하기도 했다.

한 번도 소설을 써 본 적이 없던 나는 『좀머 씨 이야기』를 통해 많은 것들을 시도할 수 있었다. 생활 속에서 불쑥불쑥 떠오르는 인물들을 인상적이면서도 개연성 있게 묘사하는 법과 인물의 외모와, 버릇과, 최후의 결단과, 밝혀지지 않는 소문들을 배치하는 법도 어렴풋이 알게 되었다. 쉽게 읽히면 서도 아름다운 문장은 어떤 리듬을 가지고 있는지에 대해서도 배울 수 있었다. 그리고 그 수많은 것들 중 가장 큰 배움은 인물에 대해 할 수 있는 한 최대한 오래, 깊게 생각해야 한다는 점이었다. 허리를 굽혀 아기의 목욕물을 받으면서도, 새로 산 만년필로 가족에게 줄 짧을 생일카드를 쓰면서도, 부엌 창가에 서서 커피 한 잔 분량의 뜨거운 물이 끓기를 기다리면서도 나는 오래도록 내가 쓸 이들에 대해 생각했다.

타인을 완전히 이해하는 것은 불가능하지만 최대한 오래, 깊게 이해하려는 노력을 품은 소설. 그런 소설을 쓸 수만 있다면. 그러니까, 『좀머 씨 이야기』 같은 소설을 쓸 수 있다면 단 한 편이라도 괜찮지 않을까. 아니, 정말이지 충분하지 않을까.

* 본문 인용 부분은 『좀머 씨 이야기』(파트리크 쥐스킨트 지음, 유혜자 옮김, 열린책들, 1999)에서 발췌했습니다.

사랑하는 나의 책 나의 사람

김
중
일

김중일

/

내가 읽은 책들은, 내가 사랑했는지 모르고 떠나보낸 사람들에 대한 기억을 되살려 사랑을 늦게나마 완성시킬 수 있게 한다.

내가 쓴 책들은, 내가 사랑했던 사람들의 상처와 슬픔을 잊지 않으려 기록함으로써 그리움을 늦게나마 채우려는 노력이다.

내가 읽은 책들은, 내가 만난 사람들을 비로소 온전히 사랑하게 함으로써 내가 만나지 못한 타인에 대한 이해와 공감을 가르치는 나의 선생이다.

내가 쓴 책들은, 내가 좋아하는 우리 문학, 그 책들에 대한 헌사다.

나는, 내가 세상에 내어놓은 몇 권의 책이다.

사랑하는 나의 책 나의 사람

"'빈자리'를 기록한 책들에게 자꾸 눈길이 간다.
습관적으로 자꾸 돌아보는데 이제 없는 것.
내가 사랑하는 책들에는 상실의 '빈자리'가 가득하다"

1.

나는 책장 한 장 한 장이 한 겹의 주름이라고 생각한다. 나는
어떤 책을 읽기 전에 그리고 다 읽은 후에, 겹겹의 주름 같은
책장들을 손끝으로 훑어 본다. 저자가 이미 사망한 이후도
긴 세월을 견뎌 내며 살아남은 책들의 손때 묻은 책장에서

느껴지는 감촉을 좋아한다. 무수히 습기에 눅눅해졌다가 건조되길 반복하며 종이의 날카로움을 다 증발시키고 대신 사람의 체온이 스며 있는 듯한 책장의 감촉.

하루가 한 페이지라면, 자신의 하루를 약 삼만 오천여 페이지쯤 넘겨 본 사람이 있다. 그는 나의 할아버지. 사람의 주름이 어느 정도까지 많아질 수 있을까. 세월 따라 근육이 다 녹아 버리고, 뼈에 바로 달라붙은 바스러질 듯한 피부. 급기야 그의 피부는 그 많던 주름들을 붙잡고 있을 힘마저 잃었다. 그의 살갗은 마치 무수한 낱장이 제본되어 겹쳐진 책장들 같다. 조금만 힘주어 만지면 낙엽처럼 떨어져 내릴 것만 같다.

봄볕이 한창인데 할아버지는 온종일 병실 침대에 누워 있다. 책상 위에 백 년 동안 놓여 있는 책처럼. 고독하게. 할아버지의 서재 책상에는 1958년도 을유문화사에서 나온 초판 『표준국어사전』이 있다. 그것은 마치 중세 성벽에서 몰래 빼온 부식된 돌덩이처럼 낡았다.

할아버지는 물 한 모금 마시는 것도 힘겨워한다. 그는 지금 엄청나게 고독해 보인다. 오래전 그가 일곱 살이던 내게 설명하려 했던 '고독'이 어떤 것이었는지 궁금해졌다.

2.

책에 대한 나의 첫 기억은 할아버지의 커다란 국어사전이다. 할아버지가 가난했던 젊은 시절 큰마음 먹고 산, 을유문화사에서 나온 초판『표준국어사전』. 독서광인 할아버지는 그것을 너무나 가지고 싶었다고 했다. 육남매의 아버지라는 것을 무릅쓰고, 고민 끝에 자신에게 선물했다고 했다. 그렇게 말하던 할아버지의 얼굴에는, 이른바 지름신이 내린 여느 이삼십 대 청년과 다를 바 없는 표정이 스쳐 지나갔다. 할아버지는 내가 신춘문예에 등단하던 해, 내게 그 사전의 구입 경위를 상세히 설명해 주었다. 나중에 내게 사전을 물려주겠다는 약속과 함께. 그때가 십칠 년여 전인데, 당시 이미 사십 년 이상된 할아버지의 사전은 세월의 흔적이 잔뜩 내려앉아 있었다. 주신다면 사양할 생각은 없었지만, 딱히 탐나지도 않는 낡고 낡은 종이 덩어리였다. 이제 필요하다면 간단한 검색만으로도 해결되는 시절이니까. 사실 그 사전은 내게 굉장히 익숙한 물건이었다. 내 유년시절의 기억 속 할아버지가 턱을 괴고 창밖을 넋 놓고 응시할 때에 늘 팔꿈치를 올려놓던 그 사전.

활자 중독인 할아버지는 찾아뵐 때마다 늘 무언가를 읽고 있었다. 한때 신문사에서 근무했다던 할아버지는 매일 몇 종의 신문을 읽고, 주문해 놓은 신간 단행본을 읽고, 소장하고 있는 오래된 책을 그날그날 즉흥적으로 꺼내 다시 읽은 후 늘 마지막에 국어사전을 읽었다. 할아버지는 온종일 읽었던 활자들 중 따로 메모해 둔 것들의 뜻을 국어사전을 통해 다시 확인했다.

나는 할아버지의 독서가 일종의 낚시 같다는 생각을 했다. 어제 잡았던 물고기가 오늘도 잡힐지 뻔히 알면서 낚싯대를 드리우고 시간을 흘려보내는 행위. 그렇게 낚아 올린 어휘들을 사전 속에 풀어놓기. 밤사이 사전 속의 단어들이 할아버지 몰래 흐르는 강을 따라 조금씩 바다로 빠져나가 버리기라도 하듯, 매일 할아버지는 신문이나 책 속에서 낚은 활어 같은 활자를 사전 속에 채워 놓는 듯 했다. 물론 그건 나의 가벼운 상상이지만, 아무튼 오래전에는 할아버지의 사전 활용법을 일종의 기행(奇行)이라고 생각했다. 그도 그럴 것이 할아버지가 사전을 통해 찾아보는 활자는 그 뜻을 모를 수 없는 지극히 평범한 개념어들이었다. 예를 들면 외로움, 고독, 쓸쓸함, 사랑 혹은 최선, 성실, 고통, 기쁨 등의 단어들이다. 뭐

랄까, 늘 공기처럼 존재할 것 같지만, 어느 날 문득 돌아보면 나도 모르는 사이 희박해지고 사라질 것 같은 단어들. 불현 듯 사전에 각인된 '정확한' 뜻이 궁금해지는 단어들. 시를 쓰며 언어를 매만져 보니, 이제는 활자 중독인 할아버지의 사전 활용법을 나 역시 어느 정도 이해할 수 있을 듯하다.

책을 좋아하는 할아버지에게는 모두 여섯 명의 자식과 열일곱 명의 손주들이 있다. 그중에 할아버지는 드디어 나를 발견하신 기쁨이 있었던 것 같다. 한동안 뜸하던 손주가, 그것도 공대생이 되었다던 손주가 뜻밖에 신춘문예에 당선되었다는 소식을 듣고 할아버지는 무척 반색했다. 그해부터 할아버지는 내가 문안 인사를 드릴 때마다, 나를 자신의 책상 옆으로 불러서 그동안 일간지에 소개된 시인, 작가들 관련 인터뷰나 책 관련 기사들을 한 뭉치 모아 두었다가 건네며 한참이나 이야기했다. 나는 그 종이 뭉치는 건성으로 받아 왔으나, 어느 순간부터 할아버지의 턱을 괴고 있는 오른쪽 팔꿈치를 내가 기억하는 것만 삼십오 년째 받치고 있는 『표준국어사전』에는 자꾸 눈길이 갔다. 이미 절반은 내게 양도하신 육십 년된 낡은 사전. 사전의 표지는 노인의 얼굴처럼 군데군데 검버섯 핀 듯 검게 일어나 있었고, 책등은 습기에

젖었다 마르기를 반복하며 울퉁불퉁 울고 들떠 있었고, 수천의 책장들은 점점 습자지처럼 얇고 얇아지는 노인의 피부처럼 짙게 갈변되어 촘촘한 주름처럼 겹쳐 있었다. 정말 멋진 물건이었다.

삼십오 년여 전 할아버지는 내 첫 한글 선생님이었다. 사람마다 조금씩 차이가 있겠지만, 나는 일곱 살 이후부터는 당시의 일들을 꽤 선명하게 기억하는 편이다. 먼 지방에 직장을 둔 아버지의 부재가 길어지자, 할아버지 댁에 아예 들어와 살기 시작한 직후였다. 해가 아주 잘 드는 가을 오후였다. 유치원에서 돌아온 내게 할아버지는 조금씩 한글을 가르치기 시작했다. 이듬해 학교에 갈 예정이니 이른바 선행학습이었다. 자음과 모음을 떼자마자 할아버지는 지난 달력 뒷장에 커다랗게 '희로애락애오욕'이라고 썼다. 그리고 한 자 한 자 짚어 가며 뜻을 알려 주었다. 기쁨에 대하여, 노여움에 대하여, 슬픔에 대하여, 즐거움과 사랑에 대하여, 그리고 미움과 욕심에 대하여, 일곱 살인 내게 길고 길게 포기하지 않고 설명했다. 물론 그 설명은 하나도 기억나지 않는다. 일곱 살 아이에게 설명하기 위해 할아버지가 무척 애쓰셨다는 것과 그 순간 나는 이미 마당에 줄지어 가는 개미떼에 정신이 팔려 있었던 것은 기억한다. 먹지도 못하는 걸 뭐하려는지 개미들은 잘 마른 낙엽들과 잔가지 여러 개를 줄줄이 힘 합쳐 옮기고 있었다. 지금부터는 추측이다. 그새 내 집중력이 흐트러졌음을 느낀 할아버지는 잠시 허공을 응시했을지도 모르겠다. 그러고는 기쁨, 노여움, 슬픔, 즐거움, 사랑, 미움, 욕심 등을 한 단어로 쓰면 이렇게도 쓸 수 있다고 하며 주황색 색연필로 '고독'이라고 썼을 것이다. 잠시 노력하는 듯 했으나 결국 노을빛 색깔로 커다랗게 써 놓은 '고독'의 뜻을 어린 아이에게 얘기해 주지는 못했을 것이다. 나는 그에게 고독이란 무엇인가에 대해 들은 기억은 없다. 들었다면 갑작스런 '침묵' 뿐. 그림자가 가장 길어지는 무렵이었다. 구로공단 주변의 한옥식 마당이 있는 낡은 가옥이었다는 것은 비교적 선명하다. 고독. 침묵. 그 단어들은 그날에 대한 내 오랜 기억의 키워드이다.

그날의 한글 수업을 여전히 내가 확신하며 회상할 수 있는 건, 훗날 발견한 할아버지의 단어장 덕분이다. 지난 달력을 노트 크기로 잘라 겹쳐서 한쪽 모서리에 구멍을 뚫고 끈으로 손수 제본한 단어장. 나는 고등학생 시절 명절에 세배하러

갔다가 우연히 그 단어장을 발견했고, 너무 늦지 않게 내 유년의 기억을 떠올릴 수 있었다. 그리고 놀랍게도 지금도 그 단어장은 여전히 할아버지의 서재에 있다. 온갖 종이뭉치 사이에. 나는 조금씩 할아버지의 유품이 될지도 모를 소지품들을 정리하며 또다시 그것을 찾아냈다. '희로애락애오욕' 아래 주황이었을 '고독'은 이제는 노랑이 되어 있었다. 병실 창밖으로 핀 개나리 빛깔이다. 사실 이제 노랑마저도 투명해져서 '고독'은 거의 증발할 듯하다. 삶은 태생의 '고독'을 서서히 증발시키는 일인 듯하다. 육체의 근육이 모두 증발해서 말하는 것마저 잃고, 죽음으로 가는 침묵의 세계로 든 할아버지. 할아버지께서 약속하지 않았지만 할아버지의 단어장은 내가 가지려 한다.

할아버지가 내게 사전을 물려주겠다고 약속한 지 십칠 년이 지났다. 그 사이 할아버지는 구십칠 세가 되었다. 할아버지의 책상은 이제 늘 비어 있다. 할아버지는 더 이상 단 한 글자도 읽지 못한다. 할아버지는 위독하다. 그 많은 활자들을 집에 두고 할아버지는 병원에서 산다. 이제 독서는 물론이고 혼자 아무 일도 못하는 할아버지를 문안하고, 누가 시키지도 않았는데 할아버지 댁에 들러 그의 책상을 정리했다. 책상에 할아버지의 손길을 기다리며 놓여 있는 노트와 돋보기, 안경, 몇 자루의 모나미 볼펜 등을 낡은 상자 하나를 찾아 담았다. 그리고 한참을 할아버지의 책상 앞에 앉아 있었다. 꽤 오랫동안 마음의 준비를 해오고 있었다지만 코앞에 정말 이별이 닥치면, 그동안의 준비가 아무런 도움도 되지 않는다는 것을 알게 된다. 내게 아무런 준비 시간도 주지 않고 몇 년 전 세상을 떠난 아버지도 생각났다. 내가 가지고 있는 소중한 책들이 오래되고 낡아 갈수록, 내가 사랑하는 사람들도 오래된 책장처럼 만지면 바스러질 듯 쇠약해진다. 한 사람이 한 권의 책이라면, 나는 할아버지를 거의 읽지 못한 것이 사실이다. 그의 삶과 그의 고독에 대해서 솔직히 나는 잘 모른다.

그리고 보니 서재는 물론 집안 어디에도 할아버지의 사전이 보이지 않았다. 사실 나는 할아버지의 사전이 잘 있는지 확인하러 온 것이다. 그런데 사전이, 사라졌다.

3.

어렸을 때부터 읽고 쓰기를 무척 좋아했다던 할아버지와는 달리 나는 떡잎부터 전혀 그렇지 않았음을 나의 첫 한글 선생이었던 할아버지가 몰랐을 리가 없다. 나는 골목의 또래들과 공장지대를 누비는 걸 좋아했다. 공장에서 버려진 쇠붙이들을 주워 와 친구들과 무엇이든 만들어 냈다. 그런 천둥벌거숭이 같던 손자가 어떻게 책을 좋아하게 되고, 단어를 모아 문장을 만들고, 문장을 모아 글을 만들고, 글을 모아 책을 내는 사람이 되었는지 할아버지께는 여태 말씀드리지 못했다. 안타깝게도 할아버지는 끝내 모르겠지만, 내가 글을 쓰는 사람이 되기까지의 대략의 경과를 말하면 다음과 같다.

내가 고등학교에 입학하기까지 아버지의 직장은 먼 지방이었다. 아버지는 공부에 큰 관심이 없는 자식들임에도, 교육을 위해 멀고 외진 지방으로 데려가지 않으려 했다. 그렇게 나는 80년대 구로공단 주변 가난한 집들이 모인 작은 골목 속 외가댁에서 유년 시절을 보냈다. 사탕 잘 사 주는 누나들은 대부분 타지 출신의 여공들이었고, 친구들의 아버지들도 대부분 공장 노동자였고, 더러는 노동자였던 한량, 백수로 불리던 사람들이었다. 한량 혹은 백수였던 아버지들이 왜 한쪽 손이 없는지, 다리를 저는지, 심지어 다리가 없는지 당시에는 몰랐다. 해가 쨍한 봄날이면 길섶에 아무도 심지 않았지만 어느새 제멋대로 웃자란 개나리 때문에 골목은 늘 눈부셨다. 가까이 가서 보면 검은 공장 먼지들이 날아와 개나리 잎 사이에 켜켜이 앉아 있었지만, 내 유년의 색깔은 단연 개나리빛깔이었다. 골목의 사람들은 늘 가난하고, 가난해서 피로했으나 한 가족처럼 너나없이 서로 따뜻하게 대했다. 먼 과거의 일이다. 90년대 초 철거된 그 집터에 재개발 아파트가 들어선 지도 이미 삼십 여년이 다 되어 간다. 그들은 다 어디로 흩어졌을까. 확실치는 않지만 그들은 아마도 여전히 모두 가난할 것이다.

1980년대 구로공단은 내 내면이 형성된 시공간이다. 1990년 중반 미성년의 시절이 일단락될 때까지 나는 그곳에서 그곳 사람들과 살았다. 가난을 덮을 만큼 따뜻한 기억이 많다. 아마도 어른들이, 가난 때문에 아이들이 불행해지지 않도록 희생하고 각별히 노력한 결과일 것이다. 집터가 재개발되며 불가피하게 흩어졌으나 동네 사람들은 한동안 멀지 않은 곳에 살고 있었다. 최악의 무더위가 찾아왔던 1994년 여름. 벼락치기로 준비한 기말시험을 마치고 하교하는 길이었다. 건널목에서 신호를 기다리다 무심코 시선이 간 가전제품 대리

점의 모든 텔레비전에서는 일제히 김일성의 사망 소식이 보도되고 있었다. 김일성이 죽다니! 나는 조금 어지러웠다. 김일성의 사망 때문이 아니라, 수면 부족과 무지막지한 더위 때문에. 사람은 누구나 예외 없이 죽어도 더위는 그야말로 불멸이다.

열여덟의 나는 구로공단역(현 구로디지털단지역)과 대림역 사이의 옛 집터에 들어선 아파트에 살고 있었다. 도림천 방죽을 따라 걷는 등하굣길, 머리 위로 철커덩철커덩 쇳소리를 내며 전철이 지나다녔다. 1994년 여름은 어마어마하게 무더웠다. 텔레비전에서는 북한 전문가들이 김일성 사후의 북한 체제 등을 심각하게 분석하고 있었고, 동네 할머니들은 곧 전쟁이 일어날 수 있으니 라면과 소주를 사야 한다며 동네 슈퍼로 왁자지껄 몰려갔다. 그들 중에 사랑하는 나의 할머니도 있었다. 그러고 보니 전쟁의 상처와 상처보다 더한 배고픔과 추위를 뼛속 깊이 새긴 사람들이, 그들의 아들과 딸이 그들의 손자와 손녀를 키우기 위해 가난한 노동자가 되어 다니는 공장 주변에 모여 살고 있었다. 할머니들을 비롯하여 한쪽 손이 없던 단짝 친구의 아버지, 얼굴이 노래서 공장에 다니던 셋방 누나들을 나는 한 번도 안타깝게 여겨 보지 않았다. 혹 그들이 힘겹고 불행했다고 해도 적어도 그들은 그 불행을 어린 내게 조금이라도 묻길 원치 않았다. 그들은 강했다. 그들은 기름과 먼지가 묻은 바지를 입은 내 아버지들이었고, 그녀들은 천둥벌거숭이처럼 뛰어놀던 나를 붙잡으러 다니고 먼지 묻은 얼굴을 씻겨 주던 엄마들이었다.

무자비하게 죽고 죽이는 전쟁 중에도 가장 중요한 건 '먹고사는' 일이다. 먹고사는 문제로 구로동에 모여 살아야 했던 서민 가정의 아들들이 내가 성년이 되기 전에 사귄 내 친구들이다. 우리들의 사춘기에는 정도의 차이는 있으나 거의 예외 없이 가난의 냄새가 묻어 있었다. 우리는 더러 치고받더라도 진심으로 서로를 미워할 수 없었다. 누가 누구를 집요하게 괴롭히는 일도 없었다. '너'가 너무나 '나'같았기 때문에 싫었지만, 결국은 좋았다. 고교시절 나는 문학 따위에 전혀 관심 없는 이과생이었지만, 친구들과의 감성적 연대는 지금 문학을 하는 데 중요한 밑거름이 되었다.

4.

스무 살이 되던 오월에 처음으로 시 비슷한 것을 썼다. 그전까진 시를 쓰기는커녕 교과서에 수록된 문학작품 말고는 읽어 본 적도 없었다. 완벽히 무관심했다. 무관심이라는 말로도 부족하다. 사실 무관심이란 '알고는 있으나 관심이 없다'는 뜻이 아닌가. 솔직히 말하면 당시의 나는 이육사나 윤동주 이후 대한민국에서 시가 여전히 계속 생산되고 있는지도 몰랐다. 요컨대 문학이란, 스무 살 이전까지 내가 가진 지도에는 없는 무인도였다.

대학 신입생이던 나는 몇 명의 동기들과 휩쓸려 학생회관을 순회하며 몇 군데 동아리에 재미로 입회원서를 썼는데 가장 열렬히 맞아 준 곳이 문학회였다. 아무 생각 없이 문지방을 넘었으나, 미안할 정도의 대접을 받다 보니 계속 참여하지 않을 수 없었다. 남자 회원이 극히 부족했으므로, 우리는 동아리방 책장을 정리하거나 소파를 재배치하는 데 주로 앞장섰고, 간혹 집회도 쫓아다녔으며, 거의 매일 술판에 참여했다. 여전히 나는 문학이란 섬으로 상륙하기 전이었고, 갑자기 한꺼번에 몰아서 부여된 청춘 위에 표류 중이었다. 일은 그해 축제 때 벌어졌다. 시화전을 위한 시를 한 편씩 의무적으로 출품해야 했다. 나와 몇몇은 축제 이틀 전까지 발길을 끊고 도망 다니다가 붙잡혀 빈 강의실에 감금되다시피 했다. 그때 쓴 제목도 기억나지 않는 나의 첫 시. 첫 구절이 "첫 눈 맞고 밟고/ 집에 오는 길에"였던 것 정도가 희미하게 생각 나지만, 내용만큼은 분명히 알고 있다. 내 유년시절 먼 지방 에서 직장을 다니던 아버지가 과일이나 빵 봉투를 들고 오랜 만에 집으로 오는 내용이었다. 아무튼 당연히 나의 첫 시는 형편없는 수준이었다. 다만 한 가지 의미를 둔다면, 난생 처 음 쓴 시에서 나는 특별히 의도하지 않았음에도 '부재'에 대 해서 표현하려 했다는 것이다. 그 이후 내가 쓴 시들은, '빈자 리'로 남은 곳의 지번을 기록하고, 차지하여 들어앉았다. 부 재를 통해 극적으로 삶을 경험하고 새기며 기억하는 것이 시 의 일이라고 나는 생각한다. 적어도 문학 분야의 책은 저자 들이 저마다 가진 어떤 부재의 기록이지 않을까.

선배들은 내게 우선 읽으라고 충고했다. 읽어야 생각할 수 있고 생각하고 상상해야 쓸 수 있다는 것이다. 당연한 말이 다. 문학의 'ㅁ'도 모르던 내가 처음 시를 쓰고 나서 주위를 살펴보니, 놀라워라. 교과서에 수록된 작품들 말고도 이후에 이토록 많은 시와 소설들이 세상에 책으로 끊임없이 나오고 있었다니. 세상이 나만 빼고 저만치 한참 멀리도 가 있는 것 같았다. 나는 동아리방에 비치된 시집들을 하나하나 꺼내 조금씩 읽어 보았다. 대체로 알쏭달쏭한 말들로 가득 차 쉽게 이해되지 않았다. 그러나 박노해의 시집은 그 자리에서 다 읽고 말았다. 쉽고 담백한 언어로 쓰여 초보자도 쉽게 읽을 수 있는 시라는 점도 있었지만, 내가 그의 시집을 단숨에 읽은 진짜 이유는 다른 데 있었다. 노동자들의 고단한 일상이 더러는 강렬한, 그리고 잔잔한 슬픔으로 기록되어 있는 시집 속의 그 공간은 누구보다 내가 잘 아는 공간이었다. 내가 유년시절을 보낸 구로공단 주변의 작은 골목 속 이야기였다. 놀라운 것은 내 기억 속 유년의 문양과는 달랐다. 분명히 익숙하지만 그래서 낯설었다. 당시 나는 어린아이였고, 골목의 어른들은 어른스럽게 아이에게까지 자신들의 상처를 드러내지 않으려 노력했을 것이다. 고된 노동에 시달렸어도 아이들에게는 더없이 자상했으므로, 내게 그 골목은 좋은 사람들이 어우러져 사는 따뜻한 곳이었다. 스무 살이 된 나는, 어느 누구도 아닌 한 권의 책을 통해 당시의 어른들이 짊어지고 살았을 생의 무게와 상처를 생생히 전해 들은 것이다. 그 독서 경험은 내게 충격이었다.

문학에, 그리고 책에 그런 놀라운 능력이 있다는 사실은 나를 책의 세계로 깊이 빠져들게 했다. 학교도서관 문학 코녀에서 책들을 골라 읽고 좋았던 책들은 구입해 소장하기 시작했다. 이성복, 최승자, 허수경, 기형도 등 시인들의 첫 시집, 그리고 오정희, 조세희, 이문구 등 소설가들의 소설집. 문외한인 나는 시와 소설의 경계에 큰 의미를 두지 않았다. 짧으면 시요 조금 길어도 시며, 많이 길면 소설이구나 했다. 시를 읽듯 아름다운 문장으로 수놓인 단편소설을 찾아 읽었고, 이야기 사이를 침묵으로 채우는 시의 언어를 향유했다. 당시의 나는 소설이든 시든 내가 직접 쓸 수 있다는 생각을 꿈에도 하지 않았으므로, 난독이었지만 순전히 유희하는 독서가 가능했다. 시험문제로 출제될 리도 없으니 오독도 문제가 아니었다. 돌이켜 생각해 보면, 나만의 오독은 시인으로서 나만의 상상력을 기르게 했다. 방학 중엔 장편이나 대하소설을 날 잡고 밤새 읽기도 했지만, 당시의 나는 거대한 서사보다는 아름다운 문장과 반짝이는 은유에 더 매혹되어 있었다. 주로 국내 작가들이 쓴 시와 단편소설에 몰입했다. 나 역시 카프카, 마르케스, 쿤데라 등의 외국 소설들에 틈틈이 빠져들었지만, 번역된 시는 내게 거의 감흥을 주지 못했다. 할아버지의 영향 때문이었는지, 나는 활자 하나하나가 내뿜는 맛에 민감했다. 어느 순간부터는 해변에서 잘생긴 조약돌을 고르듯, 책 속에 진열된 반짝이는 활자를 고르고 있는 나를 발견하곤 했다.

내가 사랑한 책들의 목록은 전혀 특별하지 않다. 하지만 우리 문학을 사랑하는 사람들이라면 누구나 한번쯤 읽었을 법한 책들이 전부라는 점에서 오히려 특별하다. 그중 내가 열광한 책들의 공통적 특징을 간략히 요약한다면, 시간이 흐르며 우리가 '잃어버린 것' 그래서 '이제 없는 것'에 관한 이야기들이다. 사람의 힘으로 저항할 수 없고 돌이킬 수도 없는 부재가 여생에 어떻게 '빈자리'로 자리하는지에 대한 미적이며 개성적인 기록들이다. '빈자리'를 기록한 책들에게 자꾸 눈길이 간다. 습관적으로 자꾸 돌아보는데 이제는 없는 것. 책을 통해, 책 속에 기록된 '빈자리'의 단호한 침묵을 통해 나는 새삼 기억하고 상상하며 배운다. 새삼스러운 것들이 사실 전혀 새삼스럽지 않다는 것을. 우리는 누구든 기뻐할 만한 일에 기뻐하고, 누구나 고통스러울 일들로 고통을 받는다는 것을. 시간은 흐르고, 잊은 듯 살아가며, 사라지는 것들에게 문학을 배우고, 또 잊고 살다가 번번이 된통 얻어맞으며 처음부터 읽고 쓰기를 다시 배운다. 세상의 모든 '빈자리'

가 기록된 책들은 내 글쓰기의 스승이다. 내가 사랑하는 책에는 상실의 '빈자리'가 가득하다. 그리고 나 또한 시집을 내면서, 나 자신의 사라짐을 조금씩 대비하려 한다. 내가 부재하는 자가 되는 순간에는, 내 몇 권의 책들이 내 빈자리에 앉아 있기를 기대한다.

5.

IMF 시절 나는 군에 입대했다. 입대 후 일 년이 지나고 상병을 달면 내무반에서 책을 읽을 수 있었다. 내무반에 내려오던 오랜 규율이었다. 힘든 시절을 보내고 얻어진 권리(?)를 행사하지 않는 건 손해 보는 느낌이었다. 어쩌면 내가 책에 몰입하고 심지어 글을 쓰고 책을 내게 된 이유가 내무반 규율 때문이었는지도 모르겠다. 한 달에 한두 번씩 내 앞으로 여러 권의 시집과 소설책이 배달되었다. 그중에서도 이미 입대 전 여러 차례 읽었던, 조세희의 『난장이가 쏘아올린 작은 공』을 받아 다시 여러 차례 읽었다. 알다시피 그의 소설은 비극적인 노동문제를 이야기하고 있으나 문장의 결 사이에는 따뜻한 쓸쓸함이 스며 있다. 그 따뜻한 쓸쓸함은 작가의 '상상의 체온'으로 데워진 것이라고 생각한다. 나는 그의 책을 통해 문학이라는 첨예한 형식에 대해서 눈떴다. 그의 책을 덮으며, 내 유년의 노동자들을 생각했다. 지금의 나보다도 어렸던 나의 아버지들, 갓 고등학교에 들어갈 나이에 학교 대신 공장에 다녔던 셋방 누나들. 내 기억 속의 사랑하는 노동자들은 나라 경제가 파산한 IMF 시절을 무사히 건넜을까, 그리고 지금은 어디에서 어떻게 살고 있을까.

제대하고 일 년간 쓴 작품으로 등단을 했다. 등단하고 새 학기에 맞은 첫 실험시간, 조원들과 아스피린을 제조하고 있는데 조교 형이 물었다.

"학교 입구에 걸린 현수막의 공학부 김중일이 너니? 신춘이 어쩌고저쩌고."

"네 형, 저예요."

"아 그렇구나."

조교 형은 그 정도면 궁금증이 충분히 해소되었다는 듯한 얼굴로 돌아섰다. 내 주위에는 등단을 하고 시인이 된다는 것을 인지하는 이가 거의 없었다. 앞서 말했듯 오직 나의 할아버지만이 반색했을 뿐. 사실 나조차도 앞으로 뭘 어떻게 해야 하는 건지 몰랐다. 청탁도 거의 없었고, 달라진 것이 없어 졸업 후 어떻게 살아야 하나 오히려 더 혼란스럽기만 했다. 대학시절도 마지막 학기로 넘어가고 있었다. 동기들은 취업 준비로 바빴다. 신춘문예 당선자들을 살펴봤던지, 무슨 대기업 홍보팀에서 지원할 생각이 없냐는 전화를 받기도 했다. 나는, 아 네네 그렇습니까 아 네네 알겠습니다 대답하고는, 동대학 문예창작학과 석사과정에 입학해 시 창작연습 수업을 들었다. 이대로 회사로 출퇴근하기 시작하면 쓰기는커녕 책조차 충분히 읽지 못할 것 같다고 생각했다. 등단은 했으나, 오히려 등단을 했으므로 더 많이 읽고 쓸 물리적인 시간이 필요했다. 스스로 부족한 것이 너무 많다고 생각했다. 솔직히 학교를 벗어나기가 두려웠다.

　석사과정 마지막 학기였으니, 2004년 2학기 추석을 앞둔 어느 날이었다. 작품 발표 차례가 돌아와서「해바라기 전쟁」이라는 시를 제출했다. 십여 명의 학우들이 내 시에 대해 한마디씩 하고 내가 간단한 소감을 말하면 끝나는 수업이었다. 누구의 어떤 작품이든 웬만하면 주로 덕담이 오가는 분위기였다. 물론 칭찬만 할 수는 없으니 아쉬운 점도 양념처럼 살짝 곁들여졌다. 내 작품에 대해서도 대체로 그런 분위기로 진행됐다. 그러던 중 강의실에서 나보다 유일하게 어렸던 갓

국문과를 졸업하고 들어온 남학생이 자기 순서가 되자 우물 쭈물 옹알이하더니 대뜸 이렇게 말했다.

"대체 왜 이런 시를 제가 읽어야 하는지 모르겠네요. 무슨 소리를 하려는 건지 하나도 모르겠어요."

강의실은 잠시 완벽한 침묵으로 가득 찼다. 수업 말미에 나는 지적해 주신 부분 감사하고, 다시 한 번 잘 퇴고해 보겠 다고 했다. 해당 작품은 나중에 잡지에 게재할 기회가 생겼 을 때, 그리고 첫 시집을 묶을 때 그냥 그대로 실었다. 내가 내 이름으로 세상에 내어놓은 첫 책. 그 책은 누군가에게는 "대체 왜 읽어야 하는지 모르는" 책인 채 태어났다.

대학원을 수료하고 긴 직장생활이 이어졌다. 만원버스를 타고 출근해 야근까지 마치고 돌아오는 생활 속에서 지속적 으로 시를 쓸 수 있었던 것은, 수시로 딴생각을 하는 내 습성 덕이 크다. 버스 안에서, 밥을 먹으며, 회의 중에, 심지어 통 화를 할 때도 우연히 귀에 꽂힌 단어 하나를 씨앗 삼아 하릴 없이 되는 데까지 상념의 가지를 뻗어 보는 습성이 내겐 있 다. 그렇게 문득문득 나는 시도 때도 없이 딴생각을 잘 한다. 자주 그것이 시가 되었다. 그러니 나는 주위의 무관심을 이 겨내는 신념과 굳센 의지를 가지고 시를 계속 써 왔다고 말하기 힘들다. 그저 나는 자신도 모르게 '딴생각'을 하는 오랜 습성이 있을 뿐이다. 요즘 나는 '딴생각'하는 것을 '상상'하는 것이라고 좀 더 그럴 듯하게 포장한다. 나에겐 여전히 더없이 재미있는 놀이다. '상상'은 좋은 책을 읽을 때 가장 잘 된다. 나를 자극하는 책은, 내 '상상'의 불씨가 꺼지지 않고 계속 지펴지게 한다.

오랜 투병 끝에 곁을 떠난 아버지의 묘소를 마련한 지 보름쯤 됐을 때였다. 묘소에 들렀다가 집으로 돌아오던 중 휴게소에서 밥을 먹고 있었다. 텔레비전에는 여객선이 바다 한가운데 뒤집혀져 있는 화면이 나오고 있었다. 그해 봄 나는 생에 처음 겪은 육친을 잃은 슬픔으로, 한 계절 청탁받은 원고 전부를 사실상 포기하고 있었다. 내 몸과 마음의 상태가 정말 한 글자도 쓸 엄두를 내지 못할 때, 대신 책을 읽었다. 그러자 그 책이 백지 상태의 내 내면에, 내가 다시 살아갈 수 있도록 위로의 글을 새기는 것 같았다. 그중에 롤랑 바르트의 『애도 일기』 속 몇 구절들을 발췌하면 다음과 같다.

① 누군가 죽으면, 기다렸다는 듯 서둘러 세워지는 앞날의 계

획들: 미래에 대한 광적인 집착

② 처음으로 혼자서 집으로 돌아왔다. 분명해진 사실: 이곳을 대신할 수 있는 장소는 없다.

③ 내가 글을 쓸 수 있도록 그녀는 자신을 보이지 않는 사람으로 만들었다.[*]

덕분에 나는, 성급히 슬픔을 떨쳐 내려는 몸부림을 멈추고 그냥 그 슬픔 속에서 여전히 살며, 아버지가 생전에 살던 그 집의 그가 쓰던 방을 서재로 꾸며 지금 이 글을 쓰고 있다. 그리고 그는 그저 "자신을 보이지 않는 사람"으로 만듦으로써, 내가 그를 볼 수 있는 그 날을 위해 매사에 최선을 다해 살도록 한다. 무엇보다 결국에 내가 다시 쓸 수 있도록 한다. 요즘의 내 글에는 체온이 생긴 것 같다. 세상의 모든 고인들이 남기고 간 체온 덕분이다.

"대체 왜 이런 시를 제가 읽어야 하는지 모르겠네요."라고 말한 십사 년 전 그에게는 내가 미처 채우지 못한 체온이 있었을 것이다. 물론 지금도 여전히 나는 '우리'를 이루는 모

* 롤랑 바르트, 『애도 일기』, 김진영 옮김, 이순, 2012

든 이의 체온을 다 맞출 능력이 없다. 어쩌면 그것은 불가능하다. 그래도 나는 최대한, 내가 가장 못했던 걸 이제 가장 잘하고 싶다. 이미 만난 책들, 그리고 앞으로 만날 책들이 내 빈틈을 채우고 이끌어 줄 것이다.

6.

약 삼만 오천 장의 하루를 넘기신 할아버지의 육체는 온갖 검사를 해도 우리가 흔히 아는 생명을 순식간에 앗아가는 병명을 찾을 수 없다. 굳이 진단한다면 거의 사라진 근육, 거의 기능이 상실된 모든 신체기관, 말하자면 세월이 병이다. 할아버지가 한없이 느리게 침대에 몸을 누인다. 마치 자신에게 남은 시간을 침대에 눕는 일에 다 써 버리려는 듯. 물 한 모금 삼키는 일도 마찬가지다. 화장실에 다녀오는 건 거의 고된 여행이다. 할아버지의 피부는 점점 온갖 비바람에 쓸린 나무 빛깔로 돌아가고 있다. 마치 오래된 책장의 빛깔 같다. 할아버지는 고통마저 다 증발하여 완벽히 고독해 보인다. 육체의 고통이라도 곁에 있으면 덜 고독할까. 그 고독의 경지가 나는 두렵다.

할아버지가 정신을 놓치지 않게 붙잡아 두는 일이 후손들이 유일하게 부릴 수 있는 욕심이다. 그래서 병상을 지키는 사람은 할아버지와 각자 공유하고 있는 옛날 일에 대해 질문하기로 했다. 나는 문안 갔다가 우연찮게 할아버지와 둘이 병실에 남게 되었을 때, 미동 없이 눈을 감고 있는 할아버지 귓전에 속삭이듯 물었다.

"할아버지, 저한테 주시기로 한 사전 어디에 있어요?"

물론 정말 대답을 듣자고 한 말은 아니었다. 그런데 십여 초쯤 지났을까 할아버지는 오른손을 겨우 움직여 마치 펜을 쥐고 무언가를 쓰는 시늉을 했다. 책상을 말하는 듯 했다. 책상 위에 그 사전이 없다는 것을 나는 이미 알고 있다. 책상에는 며칠 전에 내가 할아버지의 노트, 돋보기, 안경, 몇 자루의 볼펜 등 소지품을 정리해서 담아 놓은 낡디낡은 상자만이 덩그러니 놓여 있을 것이다. 그럼에도 나는 홀로 계신 할머니가 드실 호박죽을 사서 겸사겸사 댁에 들렀다. 나는 불 꺼진 할아버지의 서재로 들어갔다. 그런데 놀랍게도 내가 상자를 올려 둔 책상 위 정확히 그 자리에 상자 대신 그토록 찾던 할아버지의 사전이 놓여 있었다.

얼음 행성으로 돌아가다

듀나

듀나

/

1990년대부터 한국어로 번역된 한 줌 정도의 SF를 움켜잡고 온라
인에서 SF를 쓰기 시작했고 지금까지 어떻게 버티며 살아남았다.
어슐러 K. 르 귄의 『어둠의 왼손』은 초창기 집착했던 레퍼런스 중
하나였다. 자연스럽게 흡수했던 아시모프나 브라운의 것과는 달
리 불편하게 동거했던 책이고, 그 때문에 할 말이 많은 책이기도
하다.

얼음 행성으로 돌아가다

"나는 이 사람을 어디까지 따라가고
어디부터 버려야 할까?"

어떤 작가가 쓴 책을 읽고 영감을 받아 이 업계에서 일하게
되었냐는 질문을 종종 받을 때가 있다. 난 내가 읽은 책에 대
해 이야기하는 걸 좋아하지만 여기에 대해서는 심심한 답을
할 수밖에 없다. 아이작 아시모프와 프레드릭 브라운. 아시
모프는 SF가 어떤 도구인지를 알려 주었고, 브라운은 모방의
대상이 되어 주었다. 90년대에 한국에서 SF를 쓰려고 했던

수많은 사람들이 그랬다. 당시 우리에겐 선택의 여지가 별로 없었다.

아시모프와 브라운에 대해 길게 이야기하는 것은 얼마든지 가능하다. 하지만 그들의 작품은 나에게 거의 공기와 같은 자연스러운 환경의 일부였기 때문에 그들의 작품이 '나의 책'이라는 느낌을 갖지 못한다. 그렇다면 그 다음 작가를 데려와야 한다.

나는 그 다음 작가로 어슐러 K. 르 귄을 골랐다.

어슐러 K. 르 귄에 대해 처음 알게 된 건 1980년대 후반이었다. 오늘 이야기할 『어둠의 왼손』이 『암흑의 왼손』이라는 제목으로 1986년에 번역되었던 것이다. 자유추리문고의 42번째 책이었고 그 시리즈에 은근슬쩍 들어간 두 권의 SF 중 하나였다.(다른 하나는 아시모프의 『강철도시』였다.) 『어둠의 왼손』이 1969년작이었으니 당시 내 기준으로는 그냥 신작이었다. 작가에 대해서도 아는 바가 전혀 없었다.

이 책을 처음 읽었을 때의 기분이 아직도 기억이 난다. 아, 이 방향도 있었구나. 여기가 아직 내가 모르는 SF의 영역이구나. 그때는 당연히 SF를 쓰는 것이 내 직업이 될 거라고 생각하지 못했다. 그래도 "내가 만약에 쓴다면 이 작가를 따르지는 않더라도, 이 사람 쪽으로 가야지"란 생각은 계속 품고 있었던 것 같다. 이런 생각을 계속 품고 있지 않았다면 아마 나는 실험 삼아 단편 몇 개를 쓰고 이 놀이를 그냥 그만두었을 것 같다.

내용을 아시는지? 아니, 먼저 설정을 아시는지? 르 귄의 SF는 대부분 해인 유니버스라는 공통된 세계를 배경으로 한다. 먼 옛날 해인인이라는 외계인들이 우주를 여행하며 지구, 그러니까 테라를 포함한 수많은 태양계에 식민지를 개척했다. 하지만 광속의 한계와 과학의 퇴보 때문에 상호 간의 연락이 끊겼고, 각각의 식민지는 거주하는 행성의 환경에 맞추어 각자의 문화를 발전시켰다. 이후 해인인들은 다시 그들의 식민지를 찾아 나서고 결국 에큐멘이라는 우주 연합이 만들어진다. 이들의 우주선은 여전히 광속을 극복하지 못했지만 안시블이라는 장치로 행성 간 순간 통신이 가능하다. 그러니까 르 귄의 소설에 나오는 외계인들은 모두 해인인의 후손으로 지구인과 유전적으로 연결되어 있다.

『어둠의 왼손』의 첫 번째 주인공은 겐리 아이라는 지구인이다. 그는 게센이라는 행성을 방문한 에큐멘의 사절(새 번역에서는 그냥 '엔보이'라고 표기한다)로 게센을 에큐멘에 가입

시키는 게 그의 임무이다. 물론 이게 쉬운 일이 아니다. 하늘에서 뚝 떨어진 외계인이 수상쩍은 물건 몇 개를 내밀며 "너희가 모르는 더 큰 세상이 있으니 이제 그 일부가 되라."라고 말한다면 여러분은 넘어가겠는가? 거대 우주전함으로 시위라도 한 번 하면 먹힐 수도 있겠지만, 에큐멘은 그런 무리가 아니다. 결국 그는 임무를 완수하기 위해 이 소설의 두 번째 주인공인 에스트라벤이라는 집정관의 도움을 받아야 한다.

겐리 아이의 눈으로 본다면 게센은 두 가지 면에서 특이하다. 일단 그곳은 미칠 것처럼 춥다. 다른 하나는 이 행성의 거주자들은 양성인이다. 그들은 26일을 주기로 돌아오는 '케머기'에 양쪽 성 중 하나를 선택해 잠시 몸을 변화시킨다. 이런 몸을 가진 해인인의 후손은 게센인밖에 없는데, 아마도 고대 해인인이 한 유전자 실험의 결과인 것 같다.

게센의 환경과 게센인의 생물학적 특성은 르 귄에게 두 개의 문을 열어 둔다. 시와 과학이다.

시에 대해 말할 것 같으면, 『어둠의 왼손』은 SF와 판타지라는 장르가 월드빌딩(worldbuilding)의 과정을 통해 어떤 시를 창출해 낼 수 있는가를 보여 주는 교과서적인 사례이다. 르 귄이 만들어 낸 게센 행성은 혹독하지만 아름답다. 르 귄은 이전 세대의 북유럽 작가들이 쌓아 온 얼음과 눈의 시, 그리고 북극권 거주자들에 대한 인류학적인 지식을 종합해서 자신의 극단적인 세계에 이식한 다음 그 재료의 원래 가능성을 초월하는 환상적인 세계를 만들어 낸다. 『어둠의 왼손』의 무게 70퍼센트는 이 시에 쏠려 있다.

과학은 조금 더 도전적이다. 르 귄은 『어둠의 왼손』을 행성 스케일의 사고 실험장으로 만든다. 만약에 우리에게 당연시되는 성의 구분이 없어진다면 그 사회는 어떻게 발전할 것이고, 어떤 모습을 취할 것인가. 이런 세계를 통해 본 젠더는 어떤 의미인가?

이 실험이 성공적이었냐고? 아니, 한 번도 그렇게 생각해 본 적이 없다.

인생의 책을 소개해 달라고 불렀더니, 왜 이러는 거냐고? 어쩔 수가 없다. 사실이 그런 걸. 조금 더 이야기를 보탠다면 내가 이 책을 들고 온 것도 르 귄의 실험이 실패했기 때문이다. 성공했다면 그냥 '좋은 책이구나'라고 생각하고 다음 책으로 넘어갔겠지. 실패한 실험이었기 때문에 지금까지 계속 내 머릿속에 눌어붙어 있었던 거다.

1969년에 나온 책이니 양성 인간에 대한 이야기가 당시엔

엄청나게 도전적으로 받아들여졌을 거라고 생각하실지도 모르겠다. 그렇긴 했다. 여성작가 최초로 휴고상을 수상한 것도 그 때문이었을 거고. 하지만 당시에도 『어둠의 왼손』의 한계는 수많은 비판을 받았다. 요새 이 책의 문제점이라고 지적되는 점 대부분이 책이 나온 바로 그 즉시 언급되었다.

가장 많이 지적되는 것은 대명사의 선택이다. 남자도 여자도 아닌 인간들에게 어떤 영어 대명사를 쓸 것인가? 새로운 대명사를 만들어 영어를 망치고 싶지 않았던 미문가 르 귄은 "초월신을 남성 대명사를 사용해 부르는 것과 같은 이유"를 핑계로 대며 남성 대명사를 썼는데, 이는 일생일대의 실수였다. 아무리 생각해도 이건 웃기는 선택이다. 거의 모든 사람들에게 출산 기회가 있는 사회의 구성원에게 남성대명사를 붙이는 게 말이 되는가? 그리고 말이 나왔으니 하는 말인데, 르 귄이 아무 중성 대명사나 만들어 시치미 뚝 떼고 써먹었다면 독자들은 곧 그에 익숙해졌을 것이고, 『어둠의 왼손』이 잊힌 먼 미래에도 영어에 중성대명사를 도입한 작가로 불멸의 명성을 쌓았을지도 모른다.

르 귄은 이 세계를 온전하게 그리는 데에도 성공하지 못했다. 겐리 아이의 시야에는 우리가 여성적 역할이나 노동이라고 여기는 것들은 거의 들어오지 않는다. 그가 만나는 사람들은 모두 남성적인 지위에 있는 남성 역할을 하는 사람들이다. 지구에서라면 남성 작가들이 투명인간처럼 여기는 여자들에 의해 이 세계의 나머지 부분이 움직이고 있다고 상상할 수 있을 것이다. 하지만 게센에선 무언가가 결핍되어 있는 것처럼 보인다.

결국 작가가 표면에 제시한 의도와는 상관없이 게센은 남성 동성애자들의 세계를 다룬 퀴어물, 아니, 조금 더 솔직하게 말한다면 야오이물처럼 보인다. (BL 장르 소비자들은 몇 십 년 동안 야오이 구멍에 대한 농담을 해댔는데, 게센인들은 정말 그런 걸 가지고 있을지도 모르겠다.) 이렇게 보면 이 소설의 여성 배제는 조금 소름끼친다. 『어둠의 왼손』에서 여성 대명사로 지칭되는 존재들은 지구인 여성이 등장하기 전에는 대부분 발정된 상태에서 잠시 등장했다가 곧 사라져 버린다. 그리고 나머지 정상 세계를 지배하는 건 모두 남성대명사를 가진 존재들이다.

이 문제점은 르 귄이 자신을 페미니스트로 정체화한 작가치고는 이상할 정도로 여성 주도적인 작품이 부족한 작가이기 때문에 더 두드러졌다. 해인 유니버스를 배경으로 한 르 권 대표작들의 주인공들은 대부분 '보편인간으로서의 남성'이며 여성 캐릭터들은 한 줌도 안 된다. 그리고 항성 간 여행이 가능한 먼 미래를 배경으로 한 우주인데도 여성의 위치가 만족스러울 정도로 성장한 세계는 거의 보이지 않는다. 이는 르 귄의 반과학적인 태도에 은근슬쩍 묻혀 가는 경향이 있는데, 감춘다고 없어지는 건 아니다. 나중에 나는 인터뷰를 통해 78년 『The Eye of the Heron』을 쓸 때까지 르 귄이 여성 캐릭터를 쓰는 것에 불편해했고 여기서 간신히 벗어난 뒤 해방감을 느꼈다는 사실을 알게 되었다. 하지만 당시는 심지어 존 발리나 마초스럽기 짝이 없던 하인라인도 자신의 여성 캐릭터들을 우주 온갖 곳으로 데려가던 때였다. 아아….

이러니까 골치 아파진다. 십대 시절 독서 경험을 통해 『어둠의 왼손』은 절대로 잊힐 수 없는 지표와 같은 책이 되었다. 나는 나에게 잘 맞지 않는다는 걸 알면서도 이미 은근슬쩍 르 귄을 모방하는 단편들을 쓰고 있었다.(그중 하나는 심지어 완성되어 내 옛 단편집 하나에 수록되어 있다.) 나는 이 사람을 어디까지 따라가고 어디부터 버려야 할까?

해결책은 다른 작가를 찾는 것이었다. 더 심술궂고 직설적이고 시끄럽고 무례한 작가들. 일단 『어둠의 왼손』의 가장 목소리 큰 비판가였던 조애나 러스가 있었다. 그리고 나중에 역시 목소리 크기론 따라갈 사람이 없는 제임스 팁트리 주니어를 알게 되었다. 하긴 한 작가에게만 얽힐 필요는 없지. 이야기꾼의 입장에서도 다른 작가들에게 배울 게 더 많았다. 르 귄의 책들은 풋내기 SF 글쟁이가 맘 놓고 모방하기엔 지나치게 반기술적이었고 자연과학에도 지나치게 무관심했던 것이다.

하지만 『어둠의 왼손』은 쉽게 벗어날 수 있는 책이 아니었다. 불완전한 실험이었기 때문에 더욱 그랬다. 그 뒤에 비슷한 소재를 담은 수많은 SF와 판타지 소설들이 나왔고, 그 대부분은 르 귄의 수줍고 갑갑한 한계를 가뿐히 넘어선다. 하지만 그들이 같은 한계 속에 갇히지 않았던 것은 모두 이전에 『어둠의 왼손』을 읽었기 때문에, 적어도 이 소설이 일으킨 토론을 접했기 때문이었다. 심지어 그렇게 페미니스트라고 할 수 없었던 아시모프도 『파운데이션』 시리즈에 양성인간을 등장시켰을 때 여성대명사를 썼다. 분명 옆에서 르 귄이 깨지는 걸 보고 그랬을 것이다.

젠더를 다루는 방식의 자유로움이 지금 어디까지 왔는지 확인하려면 『사소한 정의』로 시작되는 앤 레키의 스페이스

오페라 시리즈를 보면 된다. 이 소설의 배경이 되는 라드츠 제국의 시민들은 게센인처럼 양성인이 아니다. 하지만 이 제국의 문화에서는 사람들을 성별로 구분하는 데에 전혀 관심이 없으며 모든 사람들을 여성대명사로 부른다. 이들의 성과 성적지향성은 전혀 중요하지 않고, 아이는 여자와 남자 모두 낳을 수 있으며, 르 귄이 『어둠의 왼손』에서 무의식적으로 은폐했던 여성성은 다채로운 색깔로 제국을 채우고 있다. 그러니까 이 세계에서 여성적인 취향은 그냥 자연스러운 취향일 뿐이고 작가 역시 명예남성 흉내를 내거나 보편적 인간을 그리기 위해 굳이 남성성을 끌어올 의무감을 느끼지 못한다.

그러니까 이게 르 귄이 처음부터 가야 할 방향이었다. 이성애자 남성의 대표성을 깨고 그 너머의 가능성을 탐구하는 것. 지금 보면 소재가 온몸으로 가리키고 있는 것처럼 보이는 방향을 인식하고 따라가는 것이 그렇게 어려웠던 것이다. 반 세기 가까운 세월 동안 우린 정말 먼 길을 걸어왔다.

책이 선생이다

지은이 김보영, 김중일, 듀나, 한지혜, 홍희정, 황시운

발행인 유재건 | 편집인 임유진 | 펴낸곳 엑스북스 | 등록번호 105-91-96264호

주소 서울시 마포구 와우산로 180 (4층 402호)

대표전화 02-334-1412 | 팩스 02-334-1413

초판 1쇄 발행 2018년 6월 29일

엑스북스(xbooks)는 (주)그린비출판사의 책읽기·글쓰기 전문 임프린트입니다. 이 도서의 국립중앙도서관 출판예정도서목록(CIP)은 서지정보유통지원시스템 홈페이지(http://seoji.nl.go.kr)와 국가자료공동목록시스템(http://www.nl.go.kr/kolisnet)에서 이용하실 수 있습니다. (CIP제어번호: CIP2018019219)

ISBN 979-11-86846-31-5   03810